coleção fábula

Cáriton de Afrodísias

Quéreas & Calírroe

TRADUÇÃO, APRESENTAÇÃO E POSFÁCIO **Adriane da Silva Duarte**

editora■34

7

APRESENTAÇÃO

Uma história de amor em Siracusa
Adriane da Silva Duarte

13

NOTA À TRADUÇÃO

15

Quéreas & Calírroe
Cáriton de Afrodísias

183

POSFÁCIO

Tudo está bem quando acaba bem: o final feliz no romance grego
Adriane da Silva Duarte

APRESENTAÇÃO

Uma história de amor em Siracusa

Quéreas e Calírroe está entre os primeiros romances escritos no Ocidente, se é que assim podemos chamar o pedaço de mundo entre Europa e Ásia onde hoje fica a Turquia e antes estava a Cária. De seu autor sabe-se apenas o que o narrador do romance enuncia em primeira pessoa logo nas primeiras linhas (Q&C, 1.1):

> Eu, Cáriton de Afrodísias, secretário do orador Atenágoras, vou narrar uma história de amor que aconteceu em Siracusa.

Para além dessa passagem, que, note-se, está inserida na própria obra, Cáriton é um ilustre desconhecido — como de resto o são praticamente todos os demais romancistas na Antiguidade, o que denota certo desprestígio do gênero entre a elite cultivada. Seu nome, que deriva da palavra grega *charis* (graça, beleza, encanto), sugere um pseudônimo, ainda mais em conjunção com o de sua cidade natal. Afrodísias designa o que pertence a Afrodite, a deusa do amor e do prazer sexual, que ali recebia culto. Ou seja, Cáriton de Afrodísias pode ser traduzido livremente como "Senhor encantador da cidade do amor", uma alcunha bem a propósito a quem se dedica à literatura de temática amorosa. O nome, no entanto, tem registro epigráfico, e a cidade, de colonização grega, era um próspero centro político e cultural nos períodos helenístico e imperial, mantendo intenso contato com Roma.

Afrodísias, hoje, abriga um importante sítio arqueológico, de modo que se sabe muito sobre a cidade e quase nada sobre Cáriton. Nem mesmo a menção ao rétor Atenágoras — que traduzi por "orador", mas também poderia ser entendido como "advogado" — ajuda a situar nosso autor, uma vez que o nome é bastante recorrente na documentação da cidade, ocorrendo em vários períodos, mas sem apontar para nenhum indivíduo notável. No entanto, a posição de Cáriton como secretário de um rétor implica uma figura letrada, versada em retórica e a par das questões políticas de seu tempo. Esse perfil, ficcional ou não, se comprova pela escrita do romance, no qual, em prosa bastante elegante, fica evidente a familiaridade com Homero e Tucídides, entre outros autores gregos clássicos.

A datação do romance é em grande parte conjectural, dada a ausência de evidências internas ou externas que permitam apontar com exatidão o momento de sua composição. Se hoje ele é localizado quase de forma consensual na metade do século I d.C., no período neroniano, há cem anos, de modo contrário, era tido como o último dos exemplares do cânone romanesco grego e datado dos séculos IV-V d.C. A descoberta de papiros, o estudo de fragmentos de obras perdidas e o avanço na análise das relações intertextuais entre os romances gregos supérstites produziram essa reviravolta na cronologia, que alçou *Quéreas e Calírroe* ao princípio da série, posição que disputa com *As Efesíacas* (ou *Ântia e Habrócomes*), de Xenofonte de Éfeso, obra com que comunga características comuns e que é situada geralmente no início do século II d.C. Alguns estudiosos, com destaque para Tilg, consideram Cáriton o "inventor" do romance romântico (*ideal love novel*) e *Quéreas e Callíroe*, o texto arquetípico dessa produção.[1]

---

[1]. Stefan Tilg, *Chariton of Aphrodisias and the Invention of the Greek Love Novel* (Oxford: Oxford University Press, 2010).

Invenção pode parecer uma forma imprópria de pensar o nascimento de um gênero. Mas era exatamente isso que defendia Perry, um dos responsáveis por colocar o romance antigo no mapa literário. Para ele, "o primeiro romance foi deliberadamente planejado e escrito por um autor individual, seu inventor", que "o concebeu em uma tarde de terça-feira, em julho, ou em outro dia ou mês".[2] Na concepção do autor, a visão de mundo e as condições históricas que a embasam certamente influenciam a conformação genérica, mas o produto final, a obra, é sempre fruto do gênio de um escritor.

Cabe aqui, contudo, a ressalva de Brandão, para quem "o inventor individual que teve a sua ideia numa terça-feira não passa de uma bela (e romântica!) imagem".[3] Em vez de apontar o suposto inaugurador do romance, é mais producente buscar sua origem na rede de obras cujas características comuns vão criando relações e consolidando paradigmas de gênero.

Se não é possível (ou mesmo relevante) dar a Cáriton o título de fundador dessa empresa, não é acidental que Afrodísias seja o epicentro dessa novidade. Bowie, na discussão que faz da cronologia dos primeiros romances gregos, arrisca o palpite de que, afinal, talvez algo tenha se passado numa calorenta terça-feira de um julho qualquer, mas não em uma parte aleatória do ecúmeno.[4] Para ele, o fato de Eros ter se tornado o centro desse gênero novo não é explicável apenas pelas mudanças sociais e políticas, mas também pelo predomínio que o culto de Afrodite assumiu nessa parte do planeta. Assim, em meados do século I d.C., "na florescente cidade de Afrodísias, sede de um culto importante de Afrodite", "um

---

2. Ben Edwin Perry, *The Ancient Romances: A Literary-historical Account of Their Origins* (Berkeley: University of California Press, 1967), p. 175.
3. Jacyntho Lins Brandão, *A invenção do Romance* (Brasília: UNB, 2005), p. 162.
4. Ewen Bowie, "The chronology of the earlier Greek novels since B.E. Perry: revisions and precisions", in *Ancient Narrative*, nº 2 (2002), p. 62.

escritor ou escritores desenvolveram uma fórmula de sucesso", que logo se disseminou pelo mundo habitado. E qual seria essa fórmula? A abertura de *Quéreas e Calírroe* a enuncia: a narrativa de uma história de amor (*pathos erotikon*, em grego).

O enredo típico do romance antigo traz ao primeiro plano um casal de adolescentes, belos e pertencentes à aristocracia local, que se apaixona à primeira vista, enfrenta uma série de adversidades que resultam em separação, errâncias, assédios, até que se reencontra e retorna à cidade natal, onde poderá, por fim, desfrutar de seu amor. A idealização da paixão amorosa reside na sua predestinação, já que a atração se dá à primeira vista, muitas vezes por ensejo de uma divindade (Eros ou Afrodite), e é duradoura, capaz de resistir às diversas provações que ameaçam a reunião dos jovens. A correspondência do sentimento não deixa de ser uma novidade numa sociedade em que as relações eróticas revelam-se assimétricas: o amante, ativo, impondo-se sobre o amado, passivo, sendo que os casamentos não passavam de arranjos entre famílias, desconsiderando as inclinações dos noivos — muito particularmente, a das noivas.

Quéreas e Calírroe narra a história de amor dos personagens homônimos. Calírroe, dona de uma beleza sem igual, é comparada no início do romance à própria Afrodite, deusa com quem mantém forte ligação ao longo da obra. Quéreas não se assemelha a um deus, mas se equipara aos Aquiles, Hipólito e Alcebíades, todos paradigmas de beleza masculina na Antiguidade. Ela era a filha do respeitado governante local, Hermócrates de Siracusa, figura histórica, retratada por Tucídides em *História da Guerra do Peloponeso* como um dos líderes da resistência à invasão ateniense à Sicília (415 a.C.). O prestígio do pai, somado à beleza da filha, atrai para Siracusa um séquito de pretendentes à mão da jovem.

Isso posto, é claro que nessa história o protagonismo é da heroína, ficando o herói, em grande parte, à sua sombra. Muitos defendem inclusive que o romance seja chamado apenas *Calírroe* ou *Sobre Calírroe*, em vista da frase com que Cáriton o encerra: "Tal relato redigi a respeito de Calírroe" (*Q&C*, VIII.8). Especula-se que o destaque que as mulheres assumem no romance antigo, em sua vertente grega, reflita de alguma maneira uma mudança na sociedade, em que elas passam a ter maior visibilidade e acesso à educação, especialmente no contexto romano. Mas vale lembrar que a tragédia grega, pródiga em personagens femininas de relevo, é produto de uma sociedade patriarcal em que as mulheres das classes sociais mais elevadas eram tutoradas por seus parentes homens. Há ainda quem proponha o romance romântico como um gênero para o consumo das mulheres, que constituiriam seu público principal, o que é muito difícil de ser comprovado.

O fato é que Calírroe domina a trama do romance, cuja estrutura pode ser dividida em quatro partes, distribuídas em oito livros: 1) paixão e união dos protagonistas (Livro I); 2) separação (I); 3) desventuras dos protagonistas (II-VII); 4) reunião do casal e retorno a Siracusa (VIII). Esse esquema permite antever que as partes 1 e 4 tratam de amor, enquanto 2 e 3 abordam a aventura, categoria que compreende viagem e provação do par amoroso.

Quéreas e Calírroe também se distingue pelo cenário histórico. Dos romances gregos que foram preservados, este é o único que tem um recorte temporal preciso, já que os demais romancistas situam seus personagens em uma época suficientemente neutra para que leitor contemporâneo a eles pudesse reconhecê-la, e igualmente desprovida de referências históricas, o que termina por criar uma atmosfera atemporal. De volta à abertura do romance, Cáriton enuncia que narrará "uma história de amor que aconteceu em Siracusa" no passado, espacialmente distante de sua Afrodísias.

A história se passa, pois, ao fim da Guerra do Peloponeso, na passagem do século V para o IV a.C. A derrota da frota ateniense frente à siciliana, comandada por Hermócrates, é constantemente lembrada; além do pai de Calírroe, o rei persa Artaxerxes I e a rainha Estatira também estão ali retratados. Com isso, há quem veja *Quéreas e Calírroe* como "romance histórico". Para além do anacronismo implicado no termo, creio que ele se revela inadequado na medida em que, salvo pelas menções pontuais às figuras históricas, o autor pouco se empenha na criação verossímil do contexto a que elas pertenceram, que funciona mais como pano de fundo para a história de amor que se quer narrar. Além disso, os personagens centrais têm claro caráter ficcional, prevalecendo durante a maior parte do romance o que Bakhtin denominou de "tempo da aventura", com o foco posto nos encontros e desencontros do par amoroso.[5]

Por fim, cabe indicar a relação essencial que o romance de Cáriton mantém com os poemas homéricos, *Ilíada* e *Odisseia*, que será desenvolvida no posfácio a esse livro. Aqui, basta mencionar que a caracterização de Calírroe se baseia nas de Helena e Penélope, personagens dos épicos. Tal qual a heroína de Cáriton, Helena tem dois maridos, o grego Menelau, que parte para resgatá-la em Troia, e Páris, príncipe troiano que a sequestra (ou com quem foge, segundo outras versões). Também em comum há a beleza excepcional e a relação privilegiada com Afrodite. Já a aproximação com Penélope se dá através do vínculo amoroso com Odisseu, que resiste à separação do casal e ao assédio de pretendentes. Vale notar que a *Odisseia* é um intertexto importante para toda a produção romanesca na Antiguidade.

---

[5]. Mikhail Bakhtin, *Teoria do romance II: As formas do tempo e do cronotopo* (Tradução, prefácio, notas e glossário por Paulo Bezerra; organização da edição russa de Serguei Botcharov e Vadim Kójinov. São Paulo: Editora 34, 2018).

NOTA À TRADUÇÃO

A tradução tem por base as edições de Reardon, para Teubner, e de Goold, para Loeb, duas das maiores coleções de textos clássicos gregos e latinos.[1] Embora a edição de Reardon, mais recente, rigorosa e dotada de aparato crítico, seja a escolha natural, o viés conservador do helenista, que rejeita muitas das lições propostas anteriormente para passagens corrompidas, deixando lacunas textuais que poderiam comprometer o entendimento de partes da obra, justifica a consulta também ao texto proposto por Goold. Trechos em que há corrupção textual serão indicados por meio do uso de colchetes ou, em casos específicos, explicados em notas.

A presente tradução propõe uma versão integral, apoiada em comentários abalizados, em que a correspondência semântica, o rigor em relação aos conceitos e termos característicos do mundo antigo, a atenção às convenções do gênero sejam privilegiados. Não obstante, não deixei de atentar para características da prosa de Cáriton, como a fina tessitura das simetrias que o autor estabelece entre as situações vividas por

---

[1] Bryan Peter Reardon (ed.), *De Callirhoe narrationes amatoriae Chariton Aphrodisiensis* (Monacchi: K. G. Saur, 2004); G. P. Goold (ed.), *Chariton: Callirhoe* (Cambridge, MA: Harvard University Press, 1995).

seus personagens ao longo da narrativa, a elegância com que elege o vocabulário e as citações e referências a autores e obras que precederam a sua. Atentei ao uso particular que faz do clichê literário (muito embora nem tudo que nos soa hoje como estereotipado o fosse à sua época), que nem sempre deve ser entendido como algo indesejável, mas antes como recurso estilístico expressivo. Como a tradução almeja atingir um público amplo, buscou-se um texto fluente e claro, características presentes no original. Para tanto, não nos furtamos ao uso de notas explicativas quando conveniente.

Quéreas & Calírroe

LIVRO

I

[1]

Eu, Cáriton de Afrodísias, secretário do orador Atenágoras, vou narrar uma história de amor que aconteceu em Siracusa.

Hermócrates, o general siracusano, o mesmo que derrotou os atenienses,[1] tinha uma filha chamada Calírroe, um espanto de donzela e estátua idolatrada em toda a Sicília. Sua beleza não era humana, mas antes divina e, ainda assim, nem de nereida, nem de ninfa montesa, mas da própria Afrodite donzela. O rumor dessa visão extraordinária corria o mundo e pretendentes afluíam a Siracusa: chefes políticos e príncipes, oriundos não só da Sicília, mas também do sul da Itália e de outras partes do continente, até mesmo das tribos não gregas que lá habitavam. Eros, contudo, quis compor a sua própria parelha.

---

1. A frota siracusana derrotou os atenienses no episódio da Guerra do Peloponeso que ficou conhecido como Expedição à Sicília (415-413 a.C.). Tucídides destaca a liderança de Hermócrates, em *História da Guerra do Peloponeso* (IV 58-65; VI 32-5, 72-3; VII 21, 73; VIII 26-9, 45, 85). A vitória será evocada muitas vezes ao longo do romance como forma de glorificação dos personagens principais.

Quéreas era um rapaz formoso, superior a todos, como os Aquiles, Nireu, Hipólito, Alcebíades que escultores e pintores retratam.[2] Ariston, seu pai, era o segundo homem em Siracusa, atrás apenas de Hermócrates. Havia uma rixa política entre eles, de modo que antes teriam firmado aliança matrimonial com qualquer outra família exceto com a do outro. Eros, contudo, gosta de ser desafiado e se compraz com êxitos extraordinários. Ele procurou, então, a seguinte oportunidade.

Havia um festival público em honra a Afrodite, e quase todas as mulheres foram ao templo. Até então Calírroe não havia saído à rua, mas como [o pai] ordenara que ela se inclinasse diante da deusa, sua mãe a conduziu para lá.[3] Então, Quéreas vinha do ginásio para casa, luzente como uma estrela. O rubor da atividade física destacava o brilho do próprio rosto, como o ouro sobre a prata. Quis a sorte que, vindo em sentido contrário, topassem um com o outro em uma curva estreita do caminho. Assim o deus traçou essa rota: para que se avistassem. A paixão amorosa foi logo correspondida, pois a beleza vai de par com a nobreza.

2. Quéreas é comparado a personagens do mito e da história conhecidas por sua beleza e excelência, a ponto de inspirarem os artistas plásticos. Aquiles, o herói da *Ilíada*, de Homero, é designado como o melhor dos aqueus que desembarcaram em Troia. Nireu, pretendente de Helena, era tido como um dos mais belos dentre os guerreiros gregos. Hipólito, filho de Teseu com uma amazona, foi objeto do amor de sua madrasta, Fedra, paixão que Eurípides retrata em *Hipólito*. Alcebíades, general ateniense, era considerado extremamente belo e sedutor; foi também o principal idealizador da Expedição à Sicília, de modo que se desenha aqui uma contraposição com Hermócrates, explicitada na sequência com a informação da rixa política que opunha as famílias.

3. Lacuna no texto de aproximadamente cinco letras. Goold sugere complementar com [Eros]; outro editor, Blake, com [seu pai]. Reardon não suplementa, mas inclina-se por pai (*patros*) ou marido (*andros*). Adoto sua leitura, embora pouca diferença traga para a compreensão da frase. O estado do texto no geral é bom e são poucas as falhas. Apontarei apenas aquelas que suscitam maior discordância entre os editores.

Sentindo o golpe, Quéreas arrastou-se para casa e, como um nobre guerreiro ferido mortalmente na batalha, tinha vergonha de deixar-se cair e era incapaz de manter-se em pé. Quanto à donzela, lançando-se aos pés de Afrodite e cobrindo-os de beijos, disse:

— Senhora, dê-me por marido esse que me mostrou.

A noite sobreveio para ambos, terrível, já que um fogo os consumia. O sofrimento da moça era ainda mais atroz em virtude da necessidade de manter-se em silêncio por pudor de vir a ser descoberta.

Quéreas, um rapaz vigoroso e bem-disposto, quando seu corpo já fraquejava, ousou dizer aos pais que estava apaixonado e não viveria caso não se casasse com Calírroe. Escutando o filho, o pai gemeu e disse:

— É o seu fim, meu filho, pois é evidente que Hermócrates não daria a filha a você com tantos pretendentes ricos e de estirpe real à porta. Você não deve nem tentar, então, para que não sejamos publicamente insultados.

Em seguida, o pai consolou o filho, mas ele piorou, a ponto de nem se ocupar das atividades costumeiras. O ginásio sentia sua falta e estava como que deserto, já que os jovens o adoravam. Bisbilhotando, descobriram a causa da doença, e a todos tocou a compaixão pelo rapaz que corria risco de perder a vida em virtude de uma nobre paixão.

Estava marcada uma assembleia regular. Após ter tomado assento, o povo clamou primeiro e em uníssono o seguinte: "Nobre Hermócrates, grande general, salve Quéreas! Este é o maior dos seus prêmios. A cidade deseja as bodas hoje, os noivos são dignos um do outro". Quem poderia descrever aquela assembleia, em que Eros era o principal orador? Hermócrates, um bom cidadão, não podia deixar de atender a demanda da cidade. Com sua anuência, todo o povo lançou-se para fora do teatro e, enquanto os jovens iam à casa de Quéreas, o Conselho e os arcontes acompanhavam Hermócrates. As mulheres siracusanas também compareceram à casa e participavam do cortejo nupcial. Cantou-se o himeneu por toda a cidade. As ruas estavam cheias de coroas e archotes. As portas das casas estavam salpicadas de vinho e de perfume. Com mais prazer os siracusanos passaram esse dia do que aquele dedicado à celebração da vitória.[4]

A moça, sem saber de nada disso, estirou-se sobre o leito, a cabeça coberta, chorosa e calada. Sua ama aproximou-se da cama e disse: "Filha, levante-se. O dia mais desejado por todos nós chegou: a cidade vai dá-la em casamento".

Afrouxaram-se lhe os joelhos e também o caro coração,[5]

pois não sabia com quem se casaria. Ficou de imediato sem voz, e *a escuridão cobriu seus olhos*[6] e por pouco não expirou. Para aqueles que a viam, isso parecia recato. Tão logo as criadas a adornaram, a multidão afastou-se das portas, enquanto o noivo era conduzido por seus pais até a donzela. Quéreas aproximou-se e a beijou. Ao reconhecer o homem amado, Calírroe brilhou novamente, como o lume quase extinto de uma lamparina quando o óleo é reposto, e *ficou maior e mais forte*.[7]

4. Referência à vitória da frota siracusana sobre os atenienses, mencionada na n. 1.
5. Citação de Homero, *Ilíada*, XXI 114 e 425; *Odisseia*, IV 703, XXIII 205 e XXIV 345. A expressão formular é empregada na *Odisseia*, XXIII 205 e XXIV 345 para descrever a reação de Penélope e Laertes ao reconhecer finalmente Odisseu. A mesma citação ocorrerá novamente em Q&C,III.6 e IV.5. Ao longo do romance as citações de versos homéricos somarão de 35 a 40 ocorrências, sendo características do estilo de Cáriton.
6. Fórmula homérica ligeiramente adaptada. Cf. *Il.*, XXI 114 e 425; *Od.*, IV 703, XXIII 205 e XXIV 345.
7. Ecos do frag. 111 *Safo* (Lobel-Page), em que se alude à aparência do noivo no dia das bodas: "muito maior do que um homem grande". Trecho presente novamente em Q&C, 1.6, II.1 e III.8.

Quando ela foi ao edifício comunitário, todo o povo foi tomado de espanto, como quando Ártemis mostra-se aos caçadores em lugares ermos — muitos dos que estavam presentes até se prosternaram. Todos se maravilharam com Calírroe e felicitaram Quéreas. Da mesma forma, os poetas cantam as bodas de Tétis no Monte Pélion. Porém, também aqui achava-se uma divindade adversa — lá afirmavam ser a Discórdia.[8]

[2]

Quando os pretendentes falharam em obter o casamento, foram tomados por uma mistura de tristeza e raiva. Até ali disputavam entre si e, então, chegaram a um acordo; em vista do consenso e por julgarem-se insultados, compareceram a uma assembleia comum — a Inveja recrutava-os para uma guerra contra Quéreas.

O primeiro a se levantar foi um jovem italiota, filho do tirano de Régio, e ele disse o seguinte:

— Se um de nós a tivesse desposado, eu não estaria ressentido. Como nas competições nos ginásios, alguém deve vencer dentre os que estão competindo. Uma vez que esse daí não nos superou em reputação nem se esforçou pelo casamento, não aceito o insulto. Nós nos espalhamos pelos pátios, velando diante das portas, bajulando amas e criadas, enviando presentes aos pedagogos, quanto tempo fomos feitos de escravos? E, o pior de tudo: rivais no amor, passamos a odiar uns aos outros. E esse garoto de programa, pobretão, inferior a nós, reis, que

---

8. Éris, a Discórdia, tumultuou o casamento de Tétis e Peleu ao lançar entre os convidados uma maçã de ouro destinada à mais bela dentre as deusas. Instado a arbitrar a questão, Zeus indica Páris, o príncipe troiano, como juiz entre Hera, Afrodite e Atena, episódio que estaria na origem da guerra de Troia.

competíamos, sem luta conquistou a coroa. Mas que o prêmio resulte inútil para ele. Façamos a boda mortal para o noivo.

Todos concordaram, e só o tirano de Agrigento retrucou:

— Não por benevolência para com Quéreas oponho-me ao plano, mas antes em nome de uma estratégia mais segura. Lembrem-se que Hermócrates não é nada desprezível, de maneira que a luta aberta não nos é possível, e é melhor a que recorre à arte. Conquistemos a princesa com astúcia mais do que com violência. Elejam-me o general da guerra contra Quéreas. Ordeno a dissolução do casamento. Armarei contra ele o Ciúme, que, fazendo do Amor seu aliado, vai operar grande dano. Calírroe é honesta e ignora suspeitas maliciosas, mas Quéreas, como foi criado nos ginásios e não é inexperiente nos erros da juventude, se suspeitar, é capaz de resvalar facilmente no ciúme. Também é fácil aproximar-se e conversar com ele.

Enquanto ele ainda falava, todos votaram em sua proposta e lhe confiaram a execução, como um homem pronto a lutar todas as batalhas. E ele pôs em prática aquele plano.

[3]

Já era noite quando vieram anunciar que Ariston, o pai de Quéreas, caíra da escada na fazenda e tinha bem pouca esperança de vida.[9] Ao escutar a notícia, embora amasse seu pai, Quéreas sofreu ainda mais porque teria que partir sozinho, já que não era conveniente levar a mulher. Nessa noite, ninguém ousou armar abertamente um festejo, mas, às escondidas e em segredo, levaram indícios de festa e os deixaram por lá. Coroaram as portas, aspergiram perfumes, fizeram uma poça de vinho e largaram no chão tochas consumidas pela metade.

---

9. Citação de Demóstenes, *Oração da Coroa* 169.

O dia amanheceu e todos que passavam paravam com um sentimento comum de curiosidade. Como seu pai estava melhor, Quéreas correu para o lado da mulher. Ao ver a multidão diante das portas, primeiro ficou espantado. Quando soube a causa, entrou correndo como um possesso, e, encontrando a porta do quarto ainda trancada, golpeou-a com vigor. Assim que a criada abriu, lançou-se sobre Calírroe, depois transformou a raiva em tristeza e, rasgando suas roupas, chorava. Quando ela quis saber o que acontecera, ele ficou sem voz, sem poder duvidar do que havia visto, nem acreditar no que não queria. Porque ele estava atônito e tremia sem parar, sua esposa, que não suspeitava do acontecido, suplicou-lhe que dissesse a causa da ira. E ele, com os olhos injetados e a voz grave, disse:

— Choro a minha sorte, porque você me esqueceu bem rápido — e a repreendeu pela festa.

Como ela era filha de general e suscetível à calúnia injusta, disse de maneira provocativa:

— Ninguém jamais deu festas na casa de meus pais. Talvez as suas portas sejam afeitas a festas e incomode a seus amantes que você esteja casado.

Ao dizer essas coisas, deu-lhe as costas e, cobrindo a cabeça, deu vazão às lágrimas. Para os que amam, é agradável fazer as pazes e é com prazer que aceitam qualquer desculpa um do outro. Portanto, Quéreas, arrependido, começou a agradar sua esposa e ela aceitou bem a reconsideração. Tais coisas inflamam o amor, e assim os pais de ambos os julgavam felizes ao ver que a concórdia reinava entre seus filhos.

[4]

Diante do fracasso de seu primeiro expediente, o pretendente agrigentino adotou um ainda mais eficaz, preparando o que se segue. Ele sustentava um parasita loquaz e dotado da mais completa habilidade social.[10] Pediu-lhe que fizesse o papel do apaixonado: que se atirasse aos pés da favorita de Calírroe, a mais apreciada das suas criadas, fazendo com que ela o amasse. Não sem dificuldade ele seduziu a mocinha com presentes caros e ameaças de que se enforcaria se não consumasse seu desejo. É fácil conquistar uma mulher que se julga amada. Quando esse enredo estava preparado, o diretor da peça encontrou um novo ator, de forma alguma mais gracioso que o outro, mas malicioso e de fala penetrante. Após instruí-lo sobre o que deveria fazer e dizer, enviou-o discretamente até Quéreas, que não o conhecia. Aproximando-se dele, que andava à toa nas proximidades da palestra, disse:

— Também eu tinha um filho da sua idade, Quéreas, que, enquanto vivia, era seu grande admirador e amigo. Com a sua morte, você é, para mim, como meu próprio filho. Da sua felicidade depende o bem comum de toda a Sicília. Reserve-me um pouco do seu tempo e escute assuntos da maior importância que mudarão toda a sua vida.

Com tais palavras aquele homem asqueroso, após oprimir o espírito do rapaz e enchê-lo de expectativa, medo e curiosidade, relutava em falar o que era tão urgente sob pretexto de que o momento não era propício e que era preciso adiar para quando tivessem mais tempo livre. Quéreas insistia mais ainda por prever que se tratava de algo da maior gravidade. Ele, então, tomou-lhe o braço e levou-o até um lugar isolado. Franzindo a sobrancelha e assumindo o ar de quem sofre, deixando mesmo escorrer uma lágrima, disse:

---

10. "Parasita" designa quem é habitualmente convidado para uma refeição e também quem vive às custas dos outros, prestando por vezes serviços em contrapartida. Além disso, é um personagem típico da comédia nova e latina, bajulador e interesseiro. A referência ao parasita, bem como ao ator, diretor da peça e enredo, revela o caráter metateatral do plano arquitetado pelos pretendentes.

— Quéreas, é com pesar que tenho que tratar de um assunto desagradável. Embora quisesse falar antes, hesitava fazê-lo. Como a ofensa já se tornou pública e o horror corre de boca em boca, não me é suportável calar. Por natureza, tenho ódio aos maus-caracteres e nutro simpatia por você. Saiba, então, que sua mulher o está traindo e, para que creia nisso, estou pronto a mostrar o adúltero em flagrante.

> *Ele assim falou. Negra nuvem de dor envolveu-o,*
> *e, tomando com ambas as mãos da terra escura,*
> *verteu-a pela cabeça, enfeando o rosto delicado.*[11]

Por muito tempo ele se deixou ficar calado, sem conseguir mover a boca ou os olhos. Quando recuperou um fio de voz, em nada igual à de antes, disse:
— Devo pedir-lhe o triste favor de fazer-me testemunha de meus males. Apesar de tudo mostre-o, para que eu me mate com motivo, pois, mesmo que seja culpada, tratarei Calírroe com clemência.
Ele retrucou:
— Faça como se fosse para o campo, mas, tarde da noite, monte guarda junto à casa. Vai ver o adúltero entrar.
Tendo concordado, Quéreas mandou um recado (já que não suportava sequer entrar em casa): "Irei para o campo". O homem insidioso e difamador armou a cena. Quando chegou a noite, um veio para a espreita; o outro, que corrompera a favorita de Calírroe, introduziu-se na viela, atuando como se quisesse ocupar-se de atos escusos, mas manejando a fim de não passar despercebido. Tinha uma cabeleira cheia e cacheada, exalando perfume, os olhos estavam delineados, usava uma túnica fina e calçados delicados, além de anéis pesados, que

---

11. Citação da *Ilíada*, XVIII 22-24.

reluziam. Então, olhando em volta, aproximou-se da porta e, batendo levemente, deu o sinal combinado. A escrava, temerosa, entreabriu a porta com cuidado e, pegando-o pela mão, o levou para dentro.

Diante desse espetáculo, Quéreas não pôde mais se segurar e entrou correndo para matar o adúltero pego em flagrante. Este, parado discretamente junto à porta que dava para o pátio, saiu à rua, enquanto Calírroe estava sentada em sua cama, sentindo falta de Quéreas, e, por causa da tristeza, nem sequer acendeu a lamparina. Quando se produziu o som de passos, de imediato reconheceu o hálito do marido e, alegrando-se, foi ao seu encontro. Ele, privado de voz até para censurá-la e dominado pela raiva, desferiu-lhe um chute quando ela vinha em sua direção. O pé acertou direto no diafragma e interrompeu a respiração da moça. As criadas levantaram-na, pois estava estirada por terra, e a reclinaram sobre o leito.

[5]

Enquanto Calírroe jazia sem voz e sem sopro, dando a todos a imagem de um cadáver, o Rumor, mensageiro do infortúnio, percorria toda a cidade, despertando gritos de dor desde as ruas mais estreitas até o fundo do mar.[12] De todo lado ouvia-se o canto fúnebre como se a cidade tivesse sido invadida. Quéreas, com o coração ainda fervendo, durante toda a noite fechou-se em casa e, sob tortura, interrogou primeiro as es-

---

12. Rumor (ou Fama) é a personificação monstruosa da voz pública, a que Virgílio, na *Eneida* (IV 173-188), designa como um mal, que se espalha velozmente, podendo disseminar tanto verdades quanto mentiras. Para Ovídio, em *Metamorfoses* (XII 39-63), "repercute as vozes e repete o que ouve", mesclando verdades com invenções e boatos de toda espécie.

cravas e, por último, a favorita. Por fim, tratando-as a ferro e fogo, soube a verdade. Então, a compaixão pela morta se assenhoreou dele e ele desejou pôr fim a sua vida, mas impediu-o Policarmo, seu melhor amigo, tanto quanto Pátroclo o era de Aquiles em Homero.

Quando amanheceu, os magistrados designaram um tribunal para o assassino, apressando julgamento em vista do prestígio de Hermócrates. Toda a população compareceu à praça, cada um clamando por uma causa. Os que foram frustrados na corte buscavam influenciar a massa, principalmente o agrigentino, esplêndido e soberbo, por ter perpetrado um ato que ninguém teria como prever. Mas aconteceu um fato novo e jamais visto antes no tribunal. Depois do discurso de acusação, o assassino, quando seu tempo já corria, em vez de defesa, apresentou contra si acusação ainda mais dura e foi o primeiro a pedir a própria condenação, sem nada mencionar do que é atenuante em uma causa: nem calúnia, nem ciúme, nem o involuntário do ato, mas pedia a todos:

— Lapidem-me à vista de todos. Privei o povo de sua coroa. É um ato de bondade, entregarem-me ao carrasco. Deveria incorrer nessa pena, caso tivesse matado uma escrava de Hermócrates. Busquem um modo de punição inaudito. Eu cometi um crime pior que sacrilégio e parricídio. Não me sepultem, não poluam este solo; atirem ao mar meu corpo maldito.

Disse isso e o canto fúnebre eclodiu, todos deixaram a morta de lado e passaram a chorar o vivo. Hermócrates foi o primeiro a tomar a defesa de Quéreas, dizendo:

— Eu sei que o ato foi involuntário. Estou vendo aqueles que tramaram contra nós. Não lhes darei a alegria de dois cadáveres, nem desgostarei a filha morta. Ouvi dela muitas vezes que preferia Quéreas vivo a ela mesma. Pondo um fim ao julgamento desnecessário, partamos para o enterro inevitável. Não entreguemos o cadáver ao sabor do tempo, nem deformemos o corpo devido à demora. Sepultemos Calírroe ainda bela.

[6]

Os juízes votaram pela absolvição, mas Quéreas não absolvia a si mesmo. Ao contrário, não só desejava a pena de morte como pensava em todos os modos de obtê-la. Percebendo que era impossível salvá-lo de outra maneira, Policarmo disse:

— Traidor do cadáver da esposa, nem ao menos pretende sepultar Calírroe? Vai confiar seu corpo a mãos alheias? Agora é hora de garantir a riqueza das cerimônias fúnebres e de fazer os preparativos para um cortejo digno de reis.

Esse argumento o convenceu e então ele empenhou nisso sua honra e dedicação.

Quem seria capaz de descrever com mérito aquele cortejo? Envolta em sua veste nupcial sobre um leito lavrado em ouro jazia Calírroe *maior e mais forte*, de modo que todos a comparavam a Ariadne adormecida.[13] Precediam-na a cavalaria siracusana, homens e cavalos paramentados, depois deles a infantaria, que trazia as relíquias das vitórias de Hermócrates, e ainda o Conselho e, em meio ao povo, todos os magistrados, escoltando o general. Ariston, embora ainda doente, fazia-se transportar, chamando Calírroe de filha e senhora. E além deles, as esposas dos cidadãos, vestidas de negro.

A riqueza das cerimônias era digna de reis: primeiramente, o ouro e a prata do dote; a beleza e a ornamentação das vestes (Hermócrates mandou trazer muitos de seus espó-

---

13. *Maior e mais forte*, cf. *Q&C*, 1.1, em contexto nupcial; aqui, em contexto fúnebre. Ariadne, filha do rei Minos, apaixona-se por Teseu e ajuda-o a sair do labirinto após combater o Minotauro. O casal foge de Creta, mas ao chegar a Naxos, o jovem parte, abandonando a moça adormecida. Ali, ela será consolada pelo deus Dioniso.

lios de guerra); as oferendas de parentes e amigos. As riquezas de Quéreas vinham por último, pois era seu desejo, se possível fosse, incinerar todos os seus bens junto com a esposa. Os jovens siracusanos levavam o féretro, e a multidão os acompanhava. Ouviam-se, sobretudo, os lamentos fúnebres entoados por Quéreas.

Hermócrates possuía uma sepultura magnífica perto do mar, de modo que era possível avistá-la de navios que estavam distantes da costa. As oferendas fúnebres encheram-na como a um tesouro. O transcorrido, que parecia contribuir para o prestígio da morta, deu início a acontecimentos de maior porte.

[7]

Havia um certo Teron, um homem sem caráter, que cruzava os mares fraudando a justiça na companhia de bandidos. Ancorando sem alarde nos portos, sob pretexto de transportar cargas, reunia um bando de piratas. Presenciando o cortejo, pôs olho no ouro e à noite, ao se deitar, não conseguia dormir, mas dizia para si mesmo:

— Eu me arrisco lutando no mar e matando os vivos por causa de uma ninharia quando é possível enriquecer às custas de uma única morta? *Que a sorte seja lançada!*[14] Não deixarei escapar o lucro. Quem recrutarei para tomar parte da ação? Pense, Teron, quem você considera que está apto? Zenófanes, o túrio? Inteligente, mas covarde. Mênon, o messênio? Corajoso, mas traiçoeiro.

---

14. Embora associada ao célebre dito de César ao atravessar o Rubicão (Plutarco, *Vida de Cesar*, 32.8; Suetônio, *Cesar*, 32: *iacta alea est*), a frase foi atribuída primeiro ao comediógrafo grego Menandro (frag. 59).

Após ter submetido cada um a uma avaliação minuciosa, ele, como quem testa a pureza da prata, tendo recusado muitos, julgou, contudo, que alguns estavam aptos. Ao raiar do dia, correu até o porto e procurou um por um. Encontrou alguns nos bordéis, outros nas tavernas, um exército apropriado para um general de sua categoria. Alegando que tinha algo importante para conversar com eles, depois de tê-los levado para longe do porto, deu início à sua fala:

— Tendo descoberto um tesouro, escolhi-os em meio a muitos outros como sócios. O lucro não é de um só nem requer muito esforço, ao contrário: uma única noite pode nos tornar a todos ricos. Não somos inexperientes em empreitadas desse tipo, que destroem a reputação dos tolos, mas trazem vantagens aos sensatos.

Perceberam logo que ele anunciava um roubo, uma violação de sepultura ou a pilhagem de um templo e disseram:

— Pare de tentar converter os convertidos e explica do que se trata para que não percamos a oportunidade.

E partindo desse ponto,[15] Teron disse:

— Vocês viram o ouro e a prata da garota morta. Eles seriam com mais justiça nosso, que estamos vivos. Sou de opinião que devemos abrir o sepulcro durante a noite e que, após carregar o barco e navegar para onde quer que o vento nos leve, vendamos a carga em um país estrangeiro.

A aprovação foi geral. Disse:

— Agora, voltem às suas atividades habituais. Na noite profunda, que cada um desça até o barco trazendo as ferramentas de construção.

---

15. Cf. *Odisseia*, VIII 500 e, em *Q&C*, também em v.7 e VIII.7.

[8]

E eles assim fizeram, mas, quanto a Calírroe, ocorreu-lhe uma segunda ressurreição.[16] Tendo o jejum operado uma desobstrução da respiração, antes interrompida, com dificuldade e aos poucos, ela voltou a respirar. Em seguida, começou a mover o corpo, membro por membro, e, abrindo os olhos, retomou a consciência como se tivesse despertado do sono e, como se Quéreas estivesse deitado ao seu lado, chamou-o. Já que nem o marido, nem as criadas a ouviam, e tudo era solidão e treva, calafrio e tremor tomaram conta da moça que não podia atinar a verdade com o auxílio da razão. Tendo se levantado com dificuldade, roçou em coroas e faixas fúnebres, fez ressoar o ouro e a prata — havia ainda o aroma dos incensos. E então lembrou-se do chute e da queda que ele causara. Entendeu com dificuldade que a sepultura se devia ao seu torpor. Soltou a voz, o quanto podia, clamando por socorro: "estou viva", "ajudem-me!". Tendo gritado seguidas vezes sem que nada acontecesse, perdeu a esperança de salvação e, posta a cabeça entre os joelhos, passou a lamentar-se dizendo:

— Ai de mim, que tristeza! Estou enterrada viva, sem ter feito nada de errado, e morro uma morte lenta. Pranteiam-me, estando eu com boa saúde. Quem vai enviar um mensageiro? Ingrato Quéreas, minha censura não é por você ter me matado, mas por ter se apressado em me tirar de casa. Você não devia ter enterrado logo Calírroe, ainda que ela estivesse morta de verdade. Mas talvez já tivesse em vista um novo casamento...

---

16. Reardon aconselha suprimir "segunda"; Goold, no entanto, advoga que Calírroe voltara à vida uma vez antes, quando da notícia de seu casamento próximo, em Q&C, I.I.

[9]

E ela estava entregue a lamentações variadas, enquanto Teron, observada meia-noite em ponto, aproximava-se da sepultura sem ruído, tocando levemente a superfície do mar com os remos. Primeiro a desembarcar, dispôs a tripulação do seguinte modo. Quatro enviou em missão de reconhecimento: caso alguém se aproximasse do lugar, se fosse possível, matassem; caso contrário, indicassem sua chegada com o sinal combinado. Ele próprio era o quinto dos que foram em direção da sepultura. Aos demais (eram dezesseis ao todo) ordenou que esperassem junto ao barco e que mantivessem os remos posicionados para que, em caso de algum imprevisto, recolhessem os que estavam em terra e zarpassem com rapidez.

Quando os pés de cabra foram introduzidos e uma pancada violentíssima causou o arrombamento da sepultura, um conjunto de sensações tomou conta de Calírroe: medo, alegria, aflição, espanto, esperança, descrença.

— Que barulho é esse? Será que, conforme é de lei a todos os que morrem, alguma divindade vem a minha busca, desafortunada que sou? Ou não há barulho algum, mas apenas a voz dos que estão sob a terra chamando-me para o seu lado? É mais provável que sejam ladrões de sepultura. Ainda isso veio a se somar aos meus infortúnios! A riqueza é inútil para um cadáver.

Ela ainda estava pensando nessas coisas quando um pirata colocou a cabeça para dentro e aos poucos ingressou por inteiro. Calírroe caiu diante dele com a intenção de suplicar e ele, apavorado, recuou de um salto. Tremendo, falou para os companheiros:

— Fujamos daqui! Uma divindade está de guarda lá dentro e não permite que entremos.

Teron deu uma gargalhada e acusou-o de covarde e de estar mais morto que a própria morta. Então, ordenou a outro que entrasse. Já que ninguém consentia, entrou ele mesmo, segurando um punhal diante de si. Diante do brilho da lâmina,

Calírroe, com medo de ser assassinada, encolheu-se em um canto e dali suplicou, com um fiapo de voz:

— Tenha piedade, quem quer que você seja, da que não foi alvo da piedade nem de seu marido, nem de seus pais. Não mate aquela que acaba de ser salva!

Teron ganhou coragem e como era um homem perspicaz entendeu a verdade. Ficou parado, pensativo, e quis primeiro matar a mulher, considerando-a o único obstáculo de toda a ação, mas logo mudou de ideia, em vista do lucro, e disse para si mesmo:

— Que seja também ela parte das oferendas fúnebres! Aqui, há muita prata, muito ouro, mas, disso tudo, a beleza da mulher é o que tem mais valor.

Então, pegou-a pela mão e levou-a para fora e, chamando o comparsa, disse:

— Olhe a divindade que te encheu de medo! Belo pirata você, que tem medo de mulher! Fique de olho nela, pois quero devolvê-la aos pais. Enquanto isso, nós traremos para fora o que está depositado lá dentro, já que nem mesmo a morta está à espreita agora.

[10]

Assim que carregaram o barco com o butim, Teron ordenou ao vigia que se afastasse um pouco com a mulher. Em seguida, fez uma consulta acerca dela. As opiniões foram divergentes e contrárias umas às outras. O primeiro a falar disse:

— Camaradas de armas, viemos por outra razão, mas da parte da Fortuna veio algo melhor.[17] Devemos aproveitar,

---

17. Fortuna, tradução do grego *Tyche*, é a personificação divina do acaso e do destino. Com grande presença nos romances antigos, em *Quéreas e Calírroe* rivaliza

já que somos capazes de agir sem correr risco. Sou de opinião que deixemos os dons fúnebres em terra, devolvamos Calírroe ao marido e ao pai, alegando que atracamos junto à sepultura devido ao costume de pescar e, ao escutarmos uma voz, a abrimos movidos por um sentimento de humanidade, a fim de salvarmos a que estava fechada lá dentro. Façamos a mulher jurar que testemunhará a nosso favor. E ela o fará com prazer e por estar obrigada para com os seus benfeitores, pelos quais foi salva. Vocês imaginam quanta alegria espalharemos por toda a Sicília? Quantos presentes receberemos? E, ao mesmo tempo, faremos o que é justo para os homens e piedoso para os deuses.

Esse ainda estava falando quando um outro o contestou:

— Inoportuno e tolo, você ordena agora que nos tornemos filósofos? Será que saquear tumbas nos fez virtuosos? Teremos piedade daquela cujo próprio marido não teve piedade, mas, ao contrário, a matou? Ela não nos fez mal algum, mas ainda fará os maiores. Em primeiro lugar, se a devolvermos aos parentes, não está claro se nos perdoarão pelo que se passou — e é impossível não suspeitar a causa pela qual viemos até a sepultura. E se a família da mulher não prestar queixa contra nós, os governantes e o povo mesmo não deixarão livres os ladrões de sepultura, que levam o butim para eles. Logo um vai propor que será mais vantajoso vender a mulher, pois encontrará seu preço em vista da beleza. Também isso tem seu risco. O ouro não tem voz, nem a prata dirá de onde a tiramos. É possível fabricar uma história com eles. Se a mercadoria tivesse olhos, ouvidos e língua, quem poderia escondê-la? E mais: nem a sua beleza é humana para que passe desapercebida. Diremos que é "uma escrava"? Quem

---

com Eros e Afrodite na condução do destino da heroína. Será denominada "divindade adversa" (cf. Q&C, I, I.14, III.3, IV.I, V.I e VI.2).

acreditará nisso ao vê-la? Vamos, portanto, matá-la aqui e não transportemos quem há de nos acusar!

Apesar de muitos terem concordado com eles, Teron votou por outro parecer. Ele disse:

— Você alega o risco e sacrifica o lucro. Eu oferecerei a mulher em vez de matá-la: enquanto estiver à venda, calará por medo; vendida, que acuse os ausentes. Não é isenta de risco a vida que levamos. Ao mar, embarquem! Já é quase dia!

[11]

Rumo ao alto-mar, a nau era conduzida com facilidade. Não se debatiam nem contra as ondas, nem contra as correntes de ar, já que para eles não estava traçada uma rota específica e todo vento parecia-lhes propício posto à popa.

Teron consolava Calírroe, tentando enganá-la com histórias variadas. Ela percebia a situação adversa em que estava e também que fora salva para pior sorte. Fingia que não compreendia, mas, ao contrário, que acreditava, por temer que a matassem, caso se zangasse. Pretextando não suportar o balanço do mar, com a cabeça coberta e em prantos, dizia:

— Pai, você que nesse mesmo mar trezentas naus dos atenienses bateu na batalha naval, um barco pequeno sequestrou sua filha sem que me preste ajuda alguma. Sou conduzida a uma terra estrangeira e devo — eu que nasci em família nobre — tornar-me escrava. Logo alguém comprará a filha de Hermócrates, um senhor ateniense talvez! Quão melhor para mim era ter ficado na sepultura, morta. Pelo menos Quéreas teria sido sepultado comigo. Agora nós, tanto na vida, quanto na morte, estamos separados.

Enquanto ela estava nessas lamentações, os piratas passavam ao largo de ilhas e cidades pequenas. Não era para pobres a sua mercadoria; eles estavam em busca de homens ricos. Ancoraram defronte a Ática sob a proteção de um promontório. Havia ali uma fonte de água pura, abundante, e um prado viçoso. Tendo levado Calírroe para lá, julgaram por bem animá-la e fazê-la descansar um pouco do mar, com o intuito de preservar sua beleza. Sozinhos, deliberaram sobre onde deviam ancorar a embarcação. E um deles disse:

— Atenas fica perto, é uma cidade grande e próspera. Ali encontraremos inúmeros mercadores, inúmeros homens ricos. Como homens no mercado, em Atenas, é possível ver cidades!

Todos eram favoráveis a singrar para Atenas, mas não agradava a Teron o ânimo bisbilhoteiro da cidade:

— Vocês são os únicos que não ouviram falar da curiosidade dos atenienses? O povo é tagarela e litigioso, no porto sicofantas sem fim procurarão saber quem somos e de onde trazemos essa mercadoria. Suspeita maldosa se insinuará entre os maus-carateres. O areópago fica logo ao lado, e os magistrados são mais rigorosos que os tiranos. Devemos temer mais os atenienses que os siracusanos. O local apropriado para nós é a Jônia, já que também lá há riqueza digna de reis fluindo do interior do continente e homens acostumados a viver no luxo e com discrição. Espero vir a encontrar alguns lá mesmo e conhecidos meus.

Após terem-se abastecido de água e de provisões com os navios que estavam nas vizinhanças, singraram diretamente para Mileto e, no terceiro dia, ancoraram num porto, o mais perfeito ancoradouro, distante da cidade dezesseis quilômetros.

[12]

Ali, Teron ordenou que depusessem os remos, fizessem um abrigo para Calírroe e providenciassem tudo para seu conforto. Não agia assim movido por bondade, mas por ganância: era mais negociante do que bandido. Ele mesmo correu até a cidade, levando dois de seus camaradas. Se, por um lado, não queria buscar abertamente o comprador nem tornar comentado o negócio, por outro, secretamente empenhou-se numa venda direta. Esta revelou-se difícil, pois o bem não era acessível a muitos, ou mesmo a um sequer dos que encontrou, mas convinha a alguém que fosse rico e nobre, gente da qual temia se aproximar. Tendo as tratativas se tornado mais longas não podia mais sustentar a demora e, quando a noite veio e ele não podia dormir, disse para si mesmo:

— Que tolo você é, Teron! Abandonou dias a fio prata e ouro em região erma, como se você fosse o único ladrão no mundo. Não sabe que outros piratas também singram os mares? Eu temo também que os nossos, abandonando-nos, zarpem. Afinal, você não recrutou os homens mais honestos, a fim de merecerem sua confiança, mas os mais calhordas que conhecia. Agora, então — concluiu —, é necessário dormir, mas quando o dia raiar, corra até o barco e atire ao mar a mulher inoportuna e imprestável que está com você e nunca mais carregue uma carga difícil de vender.

Depois de adormecer, viu em sonho portas fechadas.[18] Pareceu-lhe melhor esperar mais aquele dia. Andando a esmo, sentou-se em uma loja, com o espírito completamente atormentado. Enquanto isso, passava uma multidão de homens, livres e escravos, e em meio a eles estava um homem em pleno apogeu, de trajes escuros e casmurro. Teron levantou-se (como é bisbilhoteira a natureza humana!) e quis saber de um dos que o acompanhavam:

— Quem é ele?

---

18.   Segundo Artemidoro, no tratado de interpretação de sonhos *Oneirocrítica* (III.54.9-10), sonhar com portas fechadas indica que se deve evitar as viagens.

E o homem lhe respondeu:

— Suponho que você seja estrangeiro ou que venha de muito longe, já que não reconhece Dionísio, superior aos demais jônios por sua riqueza, nascimento e educação, amigo do Grande Rei.

— E por que se traja de negro?

— Sua esposa, que ele amava, faleceu.

O interesse de Teron pela conversa cresceu ainda mais, pois encontrara um homem rico e apreciador de mulheres. Não largou mais o homem, mas quis saber:

— Qual é a sua posição junto dele?

E ele respondeu:

— Sou intendente de todas as suas propriedades, educo a sua filha, uma criança balbuciante, uma infeliz que ficou órfã antes da hora.

Teron perguntou:

— Como você se chama?

— Leonas.

— Em boa hora nos encontramos, Leonas. Sou negociante e acabo de chegar da Itália; daí não saber nada do que se passa na Jônia. Uma sibarita, a mais abastada de lá, em posse de uma criada belíssima, vendeu-a por ciúmes e eu a comprei.[19] Você vai ficar no lucro: quer queira garantir uma ama para a criança (de fato, é suficientemente educada) e também quer julgue que vale agradar ao patrão. É mais vantagem para você adquirir uma garota para ele com dinheiro, a fim de que não conduza à casa uma madrasta para a sua pupila.

Foi com prazer que Leonas escutou essas palavras e disse:

— Um deus o enviou a mim, como meu benfeitor! O que era sonho, realidade se revela. Venha até minha casa e seja

---

19. Síbaris era uma cidade da Magna Grécia conhecida pela vida de luxo e excessos de seus habitantes.

desde já amigo e hóspede. Quanto à mulher, basta um olhar para dar o veredito: se é posse para o meu senhor ou se é para gente como nós.

[13]

Quando chegaram à casa, enquanto Teron admirava-se com seu tamanho e luxo (fora, de fato, aparelhada para acomodar o Rei da Pérsia), Leonas pediu-lhe que aguardasse até que ele atendesse primeiro ao senhor. Em seguida, foi com ele até seus aposentos, que eram exatamente como os de um homem livre, e ordenou que pusessem a mesa. E Teron, como era esperto e capaz de agarrar todas as chances, aproveitava a refeição e saudava Leonas com brindes, como uma prova de sua sinceridade, mas principalmente para estreitar sua relação. Enquanto isso, o acordo sobre a mulher prosperava, e Teron elogiava-a mais por seu caráter do que pela beleza, pois sabia que o que é invisível necessita de defesa, enquanto o que está ao alcance do olhar por si só se sustenta. Leonas disse:

— Partamos, então, e a mostre.

— Ela não está aqui — ele respondeu. — Por causa dos coletores de impostos ficamos nas cercanias da cidade, o navio está ancorado dezesseis quilômetros daqui.

E indicou o lugar. Disse, então, Leonas:

— Vocês ancoraram em nossa propriedade. E isso é ainda melhor, já que foi a Fortuna que os conduziu à casa de Dionísio. Partamos para o campo, a fim de que repousem do mar. A casa de campo fica perto e conta com todo conforto.

Teron ficou muito contente por considerar que a venda seria mais fácil em região erma e, não, no mercado. Disse, então:

— Partamos logo cedo: você, para a casa de campo, e eu, para o navio. De lá levarei a mulher até você.

Concordaram com isso e separaram-se com um aperto de mão. A noite pareceu longa para ambos, um com pressa de comprar, o outro, de vender.

No dia seguinte, Leonas navegou até a casa de campo, levando o dinheiro para garantir a negociação. Teron pôs-se na praia e, após contar tudo aos camaradas, que já sentiam muito a sua falta, começou a adular Calírroe. Ele disse:

— Filha, de imediato eu quis reconduzi-la aos seus, mas fui impedido pelo mar ao soprar um vento contrário. Você sabe o quanto fui cuidadoso com você, bem como, ainda mais importante, velei por sua castidade. Quéreas vai recebê-la de volta sem mácula, como se saída da câmara nupcial, salva que foi por nós da sepultura. Agora, no entanto, somos forçados a prosseguir até a Lícia, mas não há necessidade de que você pene à toa, ainda mais se sofre tão duramente com os enjoos no mar. Eu a deixarei aqui com amigos fiéis e, ao retornar, venho recuperá-la e com toda a cautela, no futuro, vou reconduzi-la a Siracusa. Das suas coisas, pegue o que quiser. Também cuidaremos do restante para você.

Diante disso, Calírroe riu para si mesma, embora estivesse terrivelmente triste, e pensava que ele era um tolo completo, pois já se sabia vendida e julgava mais afortunada a venda do que a ressurreição, já que queria se livrar dos piratas. E disse a ele:

— Eu agradeço a você, meu pai, pela bondade para comigo. Tomara os deuses deem a todos vocês a recompensa merecida! Não me parece de bom agouro valer-me das oferendas fúnebres. Cuidem bem de tudo para mim. Adorna-me um pequeno anel, que já usava quando morta.

Em seguida, cobrindo a cabeça, acrescentou:

— Leva-me, Teron, para onde quer que você queira. Qualquer lugar é melhor que o mar ou que a sepultura.

[14]

Quando estava perto da casa, Teron usou da seguinte estratégia. Removeu o véu de Calírroe, soltou seus cabelos e, abrindo a porta, pediu que ela fosse a primeira a entrar. Leonas e todos os que estavam lá dentro imediatamente foram tomados de assombro: uns imaginavam ver uma deusa, outros punham-se de joelhos. Então, corriam histórias no campo sobre aparições de Afrodite. Enquanto permaneciam assombrados com a visão, Teron, que entrara logo atrás, foi até Leonas e disse:

— Levante-se e venha receber a mulher. Esta é aquela que você quer comprar.

Foi geral a alegria e o espanto que se seguiram. Fizeram com que Calírroe deitasse e deixaram que descansasse no mais belo dos aposentos — e ela precisava de uma longa pausa longe da aflição, do cansaço e do medo. Teron, pegando Leonas pelo braço, disse:

— De minha parte, está cumprido fielmente o nosso trato. E porque é meu amigo, fique já com a mulher, vá até a cidade, prepare a documentação e só então você me pagará a soma que quiser.

Querendo responder à altura, Leonas disse:

— Mas não seja por isso! Eu também vou confiar a você o dinheiro antes da documentação.

Ele queria garantir a compra preventivamente por medo que o outro mudasse de ideia, pois com certeza haveria muitos na cidade que gostariam de comprá-la. Exibiu um talento de prata e forçava-o a recebê-lo; Teron, fingindo indiferença, por sua vez, aceitou. Como Leonas o reteve para o almoço, e já era mesmo hora da refeição, Teron disse:

— Quero navegar para a cidade ao cair da tarde, encontremo-nos amanhã no porto.

Nesse ponto, despediram-se. Teron foi até o navio e ordenou que levantassem âncora e zarpassem o mais rapidamente possível, antes que fossem descobertos. E enquanto eles fugiam para onde o vento os levava, Calírroe, que estava sozinha, com liberdade lamentava a própria sorte. E dizia:

— Eis outra sepultura em que Teron me encerrou, muito mais solitária! Lá, sem dúvida, meu pai e minha mãe teriam me visitado e Quéreas, vertido lágrimas... Eu os teria percebido ainda que morta! Aqui quem chamarei? Adversa Fortuna, por terra e mar você me persegue! Com os meus males nunca esteve satisfeita e, para começar, fez de meu amor meu assassino. Quéreas, ele que nunca bateu nem mesmo em um escravo, desferiu um chute mortal logo em mim, que o amava. Em seguida, cavando a cova com as próprias mãos, você lá me depositou e da sepultura levou-me diretamente ao mar, sob o domínio de piratas mais temíveis que as ondas. Valeu-me a famigerada beleza para isso, a fim de que Teron, o pirata, recebesse alta soma por mim! Em região erma fui vendida e sequer fui levada à cidade, como uma outra comprada com dinheiro — você temeu, Fortuna, que se alguém me visse, julgasse que sou de boa família. Por isso fui entregue como uma coisa a não sei quem, se a um grego, bárbaro ou novamente a um pirata.

Golpeando o peito com a mão, ela viu no anel a imagem de Quéreas e beijou-a, dizendo:

— Estou de fato perdida para você, Quéreas, por ter sido separada por tamanho sofrimento. E você chora, arrepende-se e senta-se na sepultura vazia, depois da morte testemunhando a minha castidade; enquanto eu, a filha de Hermócrates, a sua esposa, fui vendida hoje para um senhor!

Enquanto lamentava-se assim, o sono sobreveio-lhe com dificuldade.

LIVRO

II

[1]

Depois de ordenar a Focas, o encarregado da propriedade, que cuidasse bem da mulher, Leonas partiu ainda de noite para Mileto. Ele tinha pressa de anunciar ao senhor a nova aquisição, que, imaginava, traria um grande consolo à sua dor. Encontrou Dionísio ainda deitado. Perturbado pelo efeito da tristeza, não se engajava em quase nada, embora a cidade reclamasse sua presença; passava os dias no quarto, como se sua mulher ainda estivesse a seu lado. Ao ver Leonas, disse-lhe:

— Esta foi a única noite em que dormi bem desde a morte da pobre coitada. Eu a vi num sonho nitidamente, só que *maior e mais forte*, e era como se estivesse comigo de tão real. Parecia que era o primeiro dia de nossa vida de casados, e que eu a conduzia, noiva, desde a minha propriedade, a que fica à beira-mar, enquanto você cantava para mim cantos nupciais.

Ele ainda falava quando Leonas exclamou:

— Senhor, você é mesmo afortunado, tanto em sonho quanto na vida real! Já, já vai ouvir falar daquilo de que foi espectador — e começou a contar sua história. — Veio até mim um negociante, que vendia uma mulher belíssima. Por causa dos coletores de impostos, ancorou o navio fora da cidade, perto da sua propriedade. E eu, após termos combinado, parti para o campo. Lá, chegamos a um acordo de imediato e fechamos o negócio. Dei-lhe um talento e ele me deu a mulher. Devo agora proceder ao registro legal.

Dionísio ouviu com prazer sobre a beleza da mulher — já que era um verdadeiro apreciador das mulheres —, mas com desprazer sobre a escrava. Por ser um homem nobre, distinguindo-se em toda a Jônia pela reputação e cultura, julgava indigno dormir com uma criada e disse:

— É impossível haver beleza física, Leonas, quando não se é livre por natureza. Você não aprende com os poetas que os belos são filhos dos deuses, superiores em muito aos homens bem-nascidos? Agradou-o em vista do isolamento, pois mediu-a com as camponesas. Mas já que você a comprou, vá até a ágora. Adrastro, que conhece as leis a fundo, tratará dos registros.

Leonas gostou de ter sido posto em dúvida, pois o inesperado iria causar maior efeito sobre seu senhor. Após percorrer todos os portos milésios, os bancos e a cidade inteira, não foi capaz de encontrar Teron em parte alguma. Perguntava a negociantes e barqueiros — ninguém o conhecia. Estando numa situação muito embaraçosa, pegou um barco e navegou até o promontório e dali até a propriedade, mas não iria encontrar quem já estava em alto-mar. Lenta e penosamente retornou à casa de seu senhor. Ao vê-lo carrancudo, Dionísio perguntou o que aconteceu. E ele disse:

— Acabo de perder o seu talento, senhor.

— Acontece! — disse Dionísio. — Isso fará com que você seja mais precavido no futuro. O que houve afinal? Acaso não fugiu a "nova aquisição", não é?

— Ela não — disse —, mas o vendedor sim.

— Então era um ladrão de escravos e por isso negociou com você a escrava de um outro em região erma. De onde afirmava que a criatura era?

— Sibarita, da Itália, vendida por uma patroa ciumenta.

— Procure saber se algum sibarita está de passagem pela cidade. Enquanto isso, deixe a mulher por lá.

Então Leonas partiu aflito porque a negociação não tinha acabado bem para ele, mas espreitava a ocasião de convencer seu senhor a partir para o campo, depositando sua última esperança na visão da mulher.

[2]

As camponesas vieram ver Calírroe e passaram a adulá-la como se ela fosse a patroa. Plangona, a mulher do encarregado, uma criatura cheia de iniciativa, disse para ela:

— Filha, é certo que você sente falta dos seus, mas tenha também os daqui como seus. Dionísio, nosso senhor, é correto e bondoso. Felizmente, o deus trouxe-a para uma boa casa, onde vai viver como se estivesse em sua terra. Lava agora o limo do longo tempo no mar. Há criadas a seu dispor.

Apesar de sua relutância e falta de vontade, Plangona levou-a à sala de banho. Quando entrou, elas a untaram e limparam com capricho e foram tomadas de maior estupor quando a viram despida, pois antes julgaram sua beleza em vista apenas do rosto — vestida, admiravam-lhe o rosto como se fosse o de uma deusa. A brancura da pele logo resplandeceu, brilhando como uma cintilação; a carne era tão delicada que temiam que o toque dos dedos causasse um grande hematoma. Comentavam discretamente entre si:

— Nossa patroa era bela e reputada, mas teria parecido escrava dessa moça!

O elogio desagradava Calírroe, que não estava errada ao prever o que viria. De banho tomado, prendiam-lhe os cabelos quando trouxeram roupas limpas para ela. Ela disse que não eram apropriadas para uma escrava recém-adquirida:

— Deem-me uma túnica de escrava, pois até vocês estão acima de mim.

Vestiu o que encontrou ao acaso e a veste caiu-lhe bem, parecendo cara por resplandecer em vista de sua beleza.

Depois que as mulheres almoçaram, Plangona disse:

— Vá até o templo de Afrodite e peça que interceda por você. Aparições da deusa costumam ocorrer aqui e não só os que vivem nas redondezas, mas também os da cidade, vêm e fazem oferendas a ela. Ela atende principalmente a Dionísio, que jamais a negligencia.

Em seguida, contaram sobre as aparições da deusa e uma das camponesas disse:

— Ao contemplar Afrodite, mulher, você vai pensar que está olhando para uma imagem sua.

Ao ouvir isso, Calírroe se encheu de lágrimas e disse para si mesma:

— Ai, que desgraça! Também aqui Afrodite, causa de todos os meus males, é a padroeira! Mesmo assim, vou, pois quero apresentar-lhe minhas muitas queixas.

O templo ficava perto da casa de campo, margeando a estrada principal. Calírroe ajoelhou-se e, tocando os pés de Afrodite, disse:

— Você foi a primeira a me mostrar Quéreas, mas após juntar uma bela parelha não velou por ela — e nós a louvávamos, no entanto. Já que quis assim, uma única graça peço: não me faça atraente a nenhum outro depois dele.

Isso Afrodite recusou, pois era mãe de Eros e já geria outro casamento, pelo qual também não iria velar. Ao livrar-se dos piratas e do mar, Calírroe recobrou sua beleza natural, a ponto de os camponeses admirarem-se ao vê-la cada dia mais bela.

[3]

Encontrada a ocasião propícia, Leonas dirigiu as seguintes palavras a Dionísio:

— Já há muito tempo, senhor, que não vai à propriedade à beira-mar e os assuntos de lá requerem a sua visita. É necessário passar em revista rebanhos e plantação, e também urge a colheita dos frutos. É preciso dar uso às casas que, com extravagância, construímos sob suas ordens. Também lá vai suportar o luto melhor, com a atenção ocupada pelo prazer e o trabalho dos campos. Além disso, se um vaqueiro ou pastor for de seu agrado, dará a ele a mulher recém-adquirida.

Dionísio gostou da ideia e marcou a data da partida para os próximos dias. A notícia se espalhou e os cocheiros preparavam carros; os cavalariços, cavalos; os marinheiros, barcos. Amigos foram chamados a acompanhá-lo e também um grande número de libertos — Dionísio era magnânimo por natureza. Quando estava tudo pronto, ordenou que a bagagem e a maior parte dos acompanhantes fossem por mar, mas que os carros seguissem quando ele próprio já tivesse partido, pois uma comitiva não convém a quem está de luto. Junto com a aurora, antes que a maioria notasse, montou em um dos cinco cavalos dispostos. Desse grupo fazia parte também Leonas.

Enquanto Dionísio se dirigia ao campo, Calírroe, porque teve uma visão com Afrodite naquela mesma noite, quis ajoelhar-se diante dela novamente. Quando estava parada e rezava, Dionísio, o primeiro a saltar do cavalo, entrou no templo. Ao perceber o ruído de passos, Calírroe voltou-se na sua direção. Assim que a viu, Dionísio exclamou:

— Seja favorável, Afrodite, e que sua presença resulte no meu bem!

Leonas sustentou-o quando já se lançava ao chão e disse:

— Senhor, essa é a nova aquisição. Não se exalte. E você, mulher, apresente-se ao seu dono.

Diante da menção de seu senhor, Calírroe baixou a cabeça e deu vazão a uma fonte de lágrimas, *pois tarde desaprendia a liberdade*.[20] Dionísio bateu em Leonas e disse:

---

20. Citação de Ésquines em *Contra Ctesifonte*, 156. Presente novamente em Q&C, IV.2.

— Que enorme sacrilégio! Você fala com os deuses como se com os homens? E diz ainda que ela foi comprada com dinheiro? Foi com justiça que você não pôde encontrar o vendedor! Não ouviu Homero nos ensinar que

> *também os deuses sob a aparência de estrangeiros vindos de longe vigiam a insolência e a justiça dos homens?*[21]

Calírroe disse então:
— Pare de zombar de mim e chamar de deusa a quem sequer é afortunada entre os homens.

Ao dizer essas palavras, sua voz pareceu divina a Dionísio: soava musical e produzia um som como o da cítara. Perplexo e embaraçado por estar em sua companhia, foi para a casa, ardendo de amor.

Não muito depois chegou a bagagem da cidade e rapidamente correu o rumor do acontecido. Todos apressaram-se para ver a mulher, com o pretexto de prestar honras a Afrodite. Envergonhada com a multidão, Calírroe não sabia o que fazer. Toda a situação era nova e ela e não avistava sequer a familiar Plangona, já que estava às voltas com a recepção do senhor.

Como a hora avançava e ninguém voltava para casa (estavam todos lá, parados como que enfeitiçados), Leonas compreendeu o acontecido. Foi até o recinto sagrado e reconduziu Calírroe à casa. Era então possível ver que a majestade é um dom natural, pois, assim como abelhas em uma colmeia, todos seguiam-na espontaneamente, como se eleita sua soberana em vista da beleza.

---

21. Citação da *Odisseia*, XVII 485-487.

[4]

Enquanto ela se recolhia aos seus aposentos habituais, Dionísio estava ferido, mas tentava esconder o golpe, já que se tratava de um homem culto que agia exclusivamente de acordo com a virtude. Por não querer parecer desprezível aos criados, nem adolescente aos amigos, manteve-se distante durante toda a tarde. Pensava passar despercebido, mas ficava em maior evidência por causa do silêncio. Separando uma parte da janta, disse:

— Levem para a estrangeira. E não digam "é da parte do senhor", mas "é de Dionísio".

Prolongou os brindes o máximo possível, pois sabia que não ia conseguir dormir. Queria, portanto, passar a noite em claro com os amigos. Quando a noite estava bem avançada, dissolveu a reunião, mas não lhe coube o sono, estava por inteiro no templo de Afrodite e recordava-se de tudo: do rosto, do cabelo, de como ela se virou, do seu olhar, da voz, do porte, das palavras... Suas lágrimas queimavam-no. Era visível a luta entre razão e paixão. Entretanto, um homem nobre, quando submerso pelo desejo, tentava resistir. Como se colocasse a cabeça para fora da onda, dizia para si mesmo:

— Não se envergonha, Dionísio? Você, que está à frente da Jônia por sua virtude e julgamento, um homem que admiram sátrapas, reis e cidades, sofrendo com um assunto de rapazola? Viu-a uma única vez e apaixona-se, enquanto guarda luto, antes mesmo de apaziguar os demônios da pobre falecida! Por isso você veio ao campo? Para celebrar bodas vestido de negro, e bodas com uma escrava, que talvez seja de outro? Você sequer tem o registro dela!

Eros gostava de desafiar os que deliberam ajuizadamente e julgava uma ofensa o comedimento daquele homem. Por isso incendiava impetuosamente a alma que filosofava sobre o amor. Quando Dionísio não podia mais falar consigo mesmo, mandou chamar Leonas. Ao ser convocado, ele imaginou a causa, mas fingiu ignorá-la e, afetando perturbação, disse:

— O quê? Sofre de insônia, meu senhor? Será que novamente a dor pela sua falecida mulher tomou conta de você?

E Dionísio respondeu:

— Por uma mulher, sim, mas não pela falecida. Não há nada que eu não possa dizer a você, dada sua boa vontade e lealdade. Você me destruiu, Leonas! Você é a causa dos meus males! Trouxe fogo a esta casa e ainda mais a esta alma! O que desconheço sobre esta mulher me atormenta. Você me contou uma lenda, sobre um negociante que não se sabe de onde veio nem aonde foi. Quem, de posse de tamanha beleza, vende-a em lugar ermo e por um talento — ela que vale a fortuna de um rei? Será que uma divindade o enganou? Faça força para lembrar o que se passou. Quem você viu? Com quem falou? Diga-me a verdade. Não viu o barco, não é?

— Não o vi, meu senhor, mas ouvi falar.

— É isso! Uma das ninfas ou das nereidas saiu do mar! Em certas ocasiões, até mesmo as divindades são surpreendidas e forçadas pelo destino a conviverem com seres humanos. É o que nos relatam poetas e prosadores.

Era com prazer que Dionísio persuadia a si mesmo a colocar a mulher nas alturas e considerá-la mais venerável que uma consorte humana.

Já que queria agradar seu senhor, Leonas disse:

— Não nos preocupemos com quem ela é, meu senhor. Se quiser, a trarei até você. E não alimente a dor como se não pudesse consumar a união amorosa.

— Não o faria — disse Dionísio —, antes de saber quem ela é e de onde vem. Assim que amanhecer saberemos dela mesma a verdade. Mandarei buscá-la, mas não aqui, que não levantemos suspeita de alguma violência. Será onde a vi primeiro. Que o templo de Afrodite seja o palco de nossa conversa!

[5]

E ficou acertado assim. No dia seguinte, Dionísio reuniu amigos, libertos e os mais fiéis dentre os criados, para que tivesse testemunhas, e foi até o recinto sagrado, não antes de cuidar da própria aparência — arrumou-se discretamente, como se fosse encontrar sua amada. Ele tinha uma beleza natural, era alto e, a olhos vistos, mais imponente que os demais. Leonas foi ao encontro de Plangona e, na companhia das criadas habituais de Calírroe, saiu a sua procura e disse:

— Dionísio é o mais justo dos homens, o mais observador das leis. Vá agora até o templo, mulher, e diga a ele a verdade, quem você de fato é. Você não vai deixar de obter a justa ajuda. Converse com ele simplesmente, sem esconder a verdade. Isso vai despertar ainda mais sua generosidade.

Calírroe foi contra a vontade, mas estava confiante pelo fato de o encontro ser no templo. Quando lá chegou, todos admiraram-se ainda mais com ela. Dionísio, tomado de estupor, estava sem voz. Ela guardava longo silêncio; então, ele, com dificuldade, falou:

— Mulher, você sabe tudo a meu respeito. Sou Dionísio, o homem mais importante entre os milésios e provavelmente também de toda a Jônia. Sou conhecido por minha devoção e generosidade. É justo que também você nos conte a verdade sobre si. Os negociantes disseram que era sibarita e que foi vendida por sua senhora por ciúmes.

Calírroe corou e, abaixando discretamente a cabeça, disse:

— Esta foi a primeira vez que fui comprada e nunca vi Síbaris.

— Não falei que ela não era escrava! — Dionísio disse a Leonas, desafiando-o com o olhar. —Tenho um palpite de que é de família nobre. Conte-me tudo, mulher, e em primeiro lugar o seu nome.

— Calírroe — ela disse e, em seguida, calou-se (e até mesmo o nome agradou a Dionísio).

Quando ele pediu mais detalhes, ela disse:

— Por favor, meu senhor, perdoe-me por calar a minha sorte. O que veio antes foi um sonho e uma lenda. Sou agora o que me tornei: uma escrava e estrangeira.

Disse isso e tentou passar despercebida, mas *lágrimas corriam por suas faces*.[22] Dionísio foi o primeiro a chorar, seguido por todos os que estavam ao seu redor. A impressão era que a própria Afrodite havia ficado mais triste. Dionísio pressionava ainda mais, pois sua curiosidade era grande, e disse:

— De você, peço um único favor, o seguinte: fale-me a seu respeito, Calírroe! Não falará diante de um estranho, pois o parentesco também é possível pelo caráter. Não tenha medo, mesmo que você tenha feito algo horrível.

Calírroe zangou-se com isso e disse:

— Não me ofenda, em minha consciência nada pesa. No entanto, já que minha sorte passada é mais digna que a atual, não quero parecer uma farsante e nem contar histórias que soem incríveis aos que me desconhecem. O presente não dá testemunho do que se foi.

Admirado com a sensatez da mulher, Dionísio disse:

— Vou entender, mesmo que você cale. Mas fale! Nada que venha dizer sobre você é comparável ao que temos diante dos olhos. Todo relato esmaece diante de seu brilho.

Com dificuldade ela começou a falar sobre si:

— Sou filha de Hermócrates, o general siracusano. Quando fiquei inconsciente por causa de uma queda súbita, meus pais me enterraram suntuosamente. Ladrões de sepultura arrombaram o túmulo e encontraram-me novamente

---

22. Citação de Xenofonte, *Ciropédia*, 6 4.3, presente também em Q&C, v.2.

reanimada. Trouxeram-me para cá e Teron ofereceu-me a Leonas aqui presente em lugar ermo — disse tudo, calando apenas a respeito de Quéreas. — Mas, por favor, Dionísio, já que você é grego, educado e vive em uma cidade civilizada, não se iguale aos ladrões de sepultura nem me prive de minha terra natal e de meus pais. É pouco para você, que é rico, dar liberdade a uma escrava. Não perderá a soma despendida, se me devolver a meu pai. Hermócrates não é ingrato. Todos louvamos e amamos Alcínoo por ter repatriado o suplicante.[23] Também eu sou sua suplicante. Salve uma órfã feita cativa! Se não puder viver como mulher bem-nascida, escolho morrer como alguém livre!

Ao ouvir essas coisas, ele chorava com o pretexto de ser por Calírroe, mas, na verdade, era por sua própria causa, pois percebera que não consumaria seu desejo. Disse:

— Coragem, Calírroe, tenha bom ânimo! Você não vai deixar de obter aquilo que merece. Invoco como testemunha Afrodite aqui presente. Enquanto isso, será tratada por nós antes como senhora do que como escrava.

[6]

E ela partiu convencida de que não seria submetida a nada contra a sua vontade, mas Dionísio, entristecido, foi para os seus aposentos e, chamando Leonas em particular, disse:

— Não tenho mesmo sorte! Eros me odeia. Enterrei minha esposa, e a mulher recém-comprada me escapa! Logo ela, que eu esperava que fosse um presente de Afrodite. Já imaginava para mim uma vida mais feliz que a de Menelau, o

---

23. Referência à *Odisseia*, em que Alcínoo, rei dos feácios, repatria Odisseu para Ítaca.

marido da espartana, pois penso que nem mesmo Helena era assim tão bela![24] Além disso, também não lhe falta o dom da persuasão. Minha vida acabou! Calírroe se afasta daqui, e no mesmo dia deixo a vida.

Diante disso, Leonas exclama:

— Não amaldiçoe a si mesmo, meu senhor! Você é o dono e detém o poder sobre ela, de modo que de boa ou de má vontade fará o que você julgar conveniente. Paguei por ela um talento!

— Você, seu grande calhorda, comprou uma mulher de família nobre! Nunca ouviu falar de Hermócrates, o general cujas estátuas se espalham por toda a Sicília? Hermócrates, por quem o rei dos persas tem admiração e apreço? A quem envia presentes todo ano por ter vencido no mar os atenienses, inimigos dos persas? Exercerei a tirania sobre uma pessoa livre? Eu, Dionísio, aquele que é conhecido por seu comedimento? Ousarei violá-la contra a sua vontade — a ela, que não teria sido violada nem por Teron, o pirata?

Isso disse a Leonas, mas não desistiu de seduzi-la, já que Eros é naturalmente otimista, e confiou alcançar seu desejo através da adulação. Chamou Plangona e disse:

— Você já demonstrou bastante zelo para comigo. Ponho agora em suas mãos o mais importante e valioso dos meus bens, a estrangeira. Não quero que lhe falte nada, mas que ela viva luxuosamente. Considere-a sua dona, sirva-a, dispense-lhe cuidados e faça com que goste de nós. Fale sempre bem de mim em sua presença e conte histórias com suas próprias palavras. Evite usar um tom cerimonioso.

---

24. Helena, esposa de Menelau, abandona o marido e parte para Troia em companhia de Páris, o que serve de pretexto para a Guerra de Troia.

Plangona entendeu o que fora ordenado, pois era dotada de vivacidade. Sem despertar suspeita, planejou a ação, empenhando-se nela. Tornou-se próxima de Calírroe, sem revelar que recebera ordens para servi-la, e tratou-a com especial gentileza para, com isso, conquistar-lhe a confiança como conselheira.

[7]

Aconteceu o seguinte: Dionísio permanecia em sua propriedade alegando pretextos variados, mas a verdade é que não queria afastar-se de Calírroe nem a levar consigo. Era evidente que, se ela fosse avistada, sua beleza subjugaria toda a Jônia e a fama alcançaria até mesmo o Grande Rei. Certa vez, examinando minuciosamente os negócios da propriedade, repreendeu Focas, o encarregado. Não foi além da censura, atendo-se somente a palavras. Plangona aproveitou a ocasião e, assustada, correu até Calírroe, arrancando seus cabelos. Tocando-lhe os joelhos, disse:

— Por favor, dona minha, salve-nos! Dionísio está maltratando meu marido. E ele sabe ser tão duro quanto é generoso. Somente você poderia salvar-nos! Dionísio vai atendê-la com prazer, caso lhe peça esse primeiro favor.

Calírroe relutava em ir até ele, mas a outra pedia insistentemente e ela não podia recusar. Sentia-se em dívida com ela pela bondade com que fora tratada. Para não parecer ingrata, disse:

— Eu também sou escrava e não tenho direito de me expressar livremente, mas se você acha que posso, estou pronta a suplicar diante dele. Que a fortuna nos acompanhe!

Quando chegaram, Plangona pediu que o porteiro avisasse o senhor que Calírroe estava ali. Acontecia que Dionísio estava tomado de aflição e seu corpo parecia consumir-se. Ao ouvir que Calírroe estava ali, ele ficou sem voz e *uma névoa cobriu-lhe os olhos*[25] diante do inesperado. Com dificuldade se refez e disse:

— Mande-a entrar.

De pé ao seu lado, Calírroe baixou a cabeça e primeiro ficou toda corada; em seguida conseguiu falar, ainda que com dificuldade:

— Sou grata a Plangona aqui presente, já que ela me quer como a uma filha. Por favor, meu dono, não fique zangado com o marido dela; garanta-lhe a graça do perdão.

Queria falar mais, mas não conseguia. Dionísio entendeu o estratagema de Plangona e disse:

— Estou zangado mesmo e nenhum ser humano teria impedido que Focas e Plangona morressem pelo que fizeram. No entanto, em atenção a você, é com prazer que os agracio. E quanto a vocês, saibam que se salvaram graças a Calírroe.

Plangona caiu aos seus pés e Dionísio disse:

— Caia diante de Calírroe, pois foi ela que os salvou.

Ao observar que Calírroe estava alegre e muito agradada com a concessão do dom, Plangona disse:

— Por favor, agradeça Dionísio por nós! — e, ao mesmo tempo, empurrou-a.

E ela, tropeçando, resvalou na mão de Dionísio, que, agindo como indigno de dar-lhe a mão, puxou-a e beijou-a. Em seguida, afastou-se, pois não queria lançar suspeita sobre a artimanha.

[8]

As mulheres já haviam saído, mas o beijo entranhava-se nas vísceras de Dionísio como uma seta envenenada. Incapaz de

---

25. Citação da *Ilíada*, v 696 e outras. Ela está presente também em Q&C, III.9 e IV.5, com variações: I.1; III.6.

ver e de ouvir, estava inevitavelmente forçado a capitular e não encontrava nenhum remédio para o amor, nem por meio de presentes, pois via a altivez da mulher, nem por meio de ameaça e força, convencido de que ela preferiria antes morrer a ser forçada. Plangona apareceu-lhe como a única saída. Assim, mandou chamá-la e disse:

— Você conduziu bem a primeira batalha e sou-lhe grato pelo beijo — beijo que ou me poupa, ou me tira a vida! Considere agora como levar a melhor sobre ela, de mulher para mulher, e me tenha como aliado. Saiba que a sua liberdade será o prêmio, além de algo que, acredito, é bem mais doce do que a liberdade, a vida de Dionísio.

Plangona recebeu a ordem e empregou toda sua experiência e habilidade, mas Calírroe era invencível por todos os meios e permanecia fiel somente a Quéreas. Ela, no entanto, perdeu a batalha para Fortuna, diante da qual a razão humana não tem força alguma. A deusa gosta de desafios e é dada a surpresas. Produziu então um fato extraordinário, beirando o inacreditável. Vale a pena escutar de que maneira o fez.

Eis como a Fortuna conspirou contra a castidade da mulher. Ao consumarem a primeira relação amorosa de seu casamento, Quéreas e Calírroe experimentaram arrebatamento semelhante para o desfrute um do outro e esse desejo bem balanceado fez com que seu intercurso não fosse estéril. Assim, um pouco antes da queda, a mulher engravidou. No entanto, devido aos riscos que correu e às atribulações recentes, não percebeu que estava grávida. No início do terceiro mês, a barriga começou a aparecer e, durante o banho, Plangona, que era versada nessas coisas de mulher, notou. No momento, diante da criadagem numerosa, ela se calou, mas no fim do dia, nas horas calmas, sentou-se em uma cadeira ao seu lado e disse:

— Filha, você está no começo da gestação.

Enquanto contorcia-se, dava gritos lancinantes e arrancava os cabelos, Calírroe dizia:

— Ainda mais essa desgraça, Fortuna, você ajunta às minhas! Quer que dê à luz um escravo!

Golpeando a barriga, disse:

— Infeliz, você, que antes de nascer esteve em uma sepultura e foi entregue a mãos de piratas! Que vida o aguarda? Com que esperanças vou mantê-lo em meu ventre, você, sem pai, sem pátria, um escravo? Prove a morte antes do nascimento!

Plangona conteve suas mãos com a promessa de que lhe prepararia, no dia seguinte, um aborto que fosse menos penoso.

[9]

Quando estavam sozinhas, cada uma das mulheres considerou a situação a partir de seu próprio ponto de vista. Plangona considerou que se revelara a ocasião propícia para satisfazer a paixão de seu senhor, tendo como advogado a criança que estava no ventre. Havia descoberto um argumento capaz de convencê-la: o terno amor da mãe venceria o pudor da esposa. E criava uma trama persuasiva.

Calírroe, por sua vez, planejava aniquilar o filho, dizendo para si própria:

— Será que devo trazer à luz um neto de Hermócrates para ser escravo? Devo levar adiante a gravidez de um filho, cujo pai é desconhecido? Talvez algum invejoso diga: "Calírroe engravidou entre os piratas". A minha infelicidade já basta! Não condiz com você, filho, levar uma vida miserável, da qual é dever escapar mesmo quem é nascido. Parta livre, intocado pelos males, sem ouvir mexericos sobre sua mãe.

Depois mudava de ideia e era tomada de pena pela criança que estava em seu ventre:

— Você está planejando tirar a vida do seu filho? De todas as mulheres, você é a mais sacrílega! Enlouquece e endossa os argumentos de Medeia? Você, no entanto, parecerá mais cruel que a bárbara, pois ela tinha ódio ao marido, mas você quer matar o filho de Quéreas e apagar a memória de um casamento célebre. E se for um menino? E se for parecido com seu pai? E se tiver mais sorte do que eu? A mão da mãe vai matar aquele que foi salvo da sepultura e de piratas? De quantos filhos de deuses e reis ouvimos falar que, nascidos na escravidão, por fim recuperaram a reputação de seus pais, como Zeto, Anfion e Ciro?[26] Também você, meu filho, navegará até a Sicília. Buscará seu pai e seu avô e contará a eles as desventuras de sua mãe. Uma frota será enviada de lá em meu socorro. Você, filho, devolverá seus pais um ao outro.

Enquanto se debatia com tais pensamentos durante toda a noite, o sono sobreveio-lhe momentaneamente. Postou-se diante dela uma imagem de Quéreas, *semelhante em tudo a ele, no porte, nos belos olhos*

e na voz, trajava ainda idênticas vestes ao redor do corpo.[27]

De pé, ao seu lado, disse:
— Confio a você nosso filho, mulher.
E Calírroe saltou sobre ele, interrompendo-o, pois desejava abraçá-lo. Considerando o conselho do marido, decidiu criar a criança.

---

26. A história de Ciro, soberano e fundador do império persa, foi narrada por Heródoto (*Histórias*, I. 107 ss.) e Xenofonte *(Ciropédia)*, e apresenta vários paralelos com a dos heróis míticos. Já os irmãos Zeto e Anfion, filhos de Zeus e Antíope, são personagens míticos. Abandonados ao nascer e criados por pastores, fazem-se reconhecer quando adultos e reivindicam sua herança.
27. Citação da *Ilíada*, XXIII 66-7.

[10]

No dia seguinte, quando Plangona foi vê-la, Calírroe revelou-lhe a sua decisão. Ela não deixou passar os inconvenientes da resolução, mas, ao contrário, disse-lhe:

— Minha querida, é impossível que você crie um filho em nossa casa. Embora o senhor esteja apaixonado por você, ele, por pudor e comedimento, não a forçará contra a sua vontade, mas também não permitirá, por ciúmes, que você crie seu filho. Para ele, parecerá um insulto se você pensar com ardor no ausente e, a ele, que está presente, desprezar. Acho melhor que a criança morra antes de nascer do que depois. Nesse caso, tudo que você tem a ganhar são dores de parto vãs e uma gravidez inútil. É porque gosto de você que sou franca ao aconselhá-la.

Foi com ânimo pesado que Calírroe a escutou. Então, jogou-se aos seus pés e suplicou que encontrasse um expediente por meio do qual pudesse criar a criança. Muitas vezes então se negou, adiando a resposta durante dois ou três dias. Depois, inflamou-a ainda mais, demonstrando estar confiante em relação ao pedido. Primeiro fez com que jurasse não contar a ninguém sobre o expediente, depois, enquanto unia as sobrancelhas e esfregava as mãos, disse:

— Minha cara, para grandes problemas, grandes ideias! Graças a minha devoção a você, traio meu senhor. Saiba que será necessária uma coisa ou outra: ou a criança morre irremediavelmente ou nasce como o mais rico dos jônios, herdeiro da casa mais ilustre. E ele fará de você uma mãe abençoada. Veja o que você prefere.

E ela disse:

— Quem é assim estúpido para preferir o aborto à felicidade? O que você promete parece impossível e inacreditável. Vamos, dê logo os detalhes.

Plangona perguntou-lhe:

— Quanto tempo você acha que tem sua gestação?
— Dois meses — respondeu.
— Então, o tempo está a nosso favor. Você pode fazer crer que ele nasceu aos sete meses, de Dionísio.
— Antes ele morra! — exclamou Calírroe.
Plangona disse ironicamente:
— Você tem razão ao preferir abortar, querida. Vamos fazer isso. É menos arriscado do que enganar o senhor. Extirpe completamente a memória de sua nobre ascendência. Elimine a esperança de voltar à terra natal. Conforme-se com a fortuna atual e torne-se uma escrava de fato.

Tais coisas Plangona sugeria sem que Calírroe, moça de boa família e sem experiência na malandragem dos escravos, suspeitasse de nada. E quanto mais a outra insistia com o aborto, tanto mais ela se apiedava da criança em seu ventre. Por fim, disse:

— Dê-me um tempo para refletir. A escolha envolve coisas importantes: ou a castidade ou o filho.

E Plangona elogiou-a por não escolher precipitadamente:

— Postas na balança, o peso de cada uma não é desprezível: de um lado, a fidelidade da esposa, do outro, o terno amor da mãe. Contudo, não é oportuno adiar a decisão por muito tempo. É preciso escolher de toda maneira até amanhã, antes que sua barriga chame atenção.

Isso acertado, separaram-se.

[11]

Calírroe subiu até seus aposentos, fechou a porta e, colocando o anel com a efígie de Quéreas diante da sua barriga, disse:
— Eis que estamos nós três aqui reunidos: marido, mulher e filho. Vamos decidir o que é de nosso interesse. Eu

começo por dar minha opinião. Quero morrer como a esposa de um único homem, de Quéreas tão somente. Para mim, *mais doce que meus pais, que a terra natal* e que o filho é não ter de me relacionar com outro homem.[28] E você, meu filho, o que você prefere para você mesmo? Morrer por efeito de alguma droga antes de contemplar a luz do sol? Ser enxotado com sua mãe, sem ter, talvez, sequer direito a um túmulo? Ou viver e ter dois pais — um, o homem mais importante da Sicília, e o outro, o da Jônia? Quando você crescer, será facilmente reconhecido pelos seus parentes, pois estou certa de que o trarei à luz semelhante a seu pai. Então, irá lá com pompa em uma trirreme milésia. Com gosto, Hermócrates receberá o neto, já apto a se tornar general. Seu voto, filho, é contrário ao meu e impede que busquemos a morte. Perguntemos agora a seu pai. Ele, contudo, já se pronunciou com clareza, quando se postou ao meu lado no sonho e disse: "Confio a você nosso filho". Invoco seu testemunho, Quéreas, de que é você quem sela meu casamento com Dionísio!

Nesse dia e nessa noite esteve às voltas com tais pensamentos e, não por causa dela, mas por causa da criança, decidiu-se pela vida. No dia seguinte, quando Plangona veio vê-la, primeiro sentou-se soturna, com uma atitude compungida. O silêncio reinava entre elas. Depois de um longo tempo, Plangona quis saber:

— O que ficou decidido? O que vamos fazer? Não é hora de hesitar.

Sem poder responder logo, em vista do choro convulso, foi com dificuldade que Calírroe falou:

— Meu filho me atraiçoa contra a minha vontade. Deixo com você os arranjos. Temo que, mesmo que eu ceda agora

---

28. Citação da *Odisseia*, IX 34, presente com variação também em Q&C, III.4.

às suas investidas, Dionísio faça pouco da minha sorte e me tome antes por concubina do que por esposa. Temo que não crie o filho nascido de outro homem e seja em vão que eu perca a minha castidade.

Plangona interrompeu-a enquanto ela ainda falava:

— Considerei tudo isso antes mesmo de você, que já é mais querida para mim do que o senhor. Vamos confiar no caráter de Dionísio, que é homem correto. Ainda assim, farei com que ele jure, mesmo sendo o senhor desta casa. Devemos agir com total segurança. E quanto a você, filha, confie nele, uma vez feito o juramento. E eu parto para cumprir minha missão.

LIVRO

III

[1]

Diante do fracasso em conquistar Calírroe e incapaz de suportar mais, Dionísio tinha decidido abandonar-se à morte por inanição. Com essa disposição, escrevia o testamento, determinando como seria sepultado. No texto pedia que Calírroe viesse ter com ele, ainda que morto. Plangona quis obter uma entrevista com seu senhor, mas o criado a impediu por ter recebido ordens de não deixar entrar ninguém. Os dois começaram a discutir diante da porta, Dionísio escutou e quis saber quem o estava incomodando. Quando o criado respondeu que era Plangona, ele disse (já que sequer queria ver quem o lembrasse de seu desejo):

— Ela vem em um momento inoportuno, mas chame-a mesmo assim.

Ela abriu a porta e disse:

— Por que se atormentar, meu senhor, afligindo-se como se tivesse fracassado? Calírroe pede-o em casamento. Ponha roupas de gala, faça sacrifícios, receba a noiva, por quem arde de paixão!

O inesperado da notícia foi um golpe para Dionísio, *uma névoa cobriu-lhe os olhos*, ele perdeu totalmente as forças e passou a impressão de morte.[29] Os gritos de Plangona puseram a casa em polvorosa e por toda parte lamentava-se o senhor como se estivesse morto. Nem Calírroe ouviu a notícia sem lágrimas nos olhos. Tamanha era a dor de todos, de modo a também ela chorar como se seu marido fosse. Depois e com dificuldade, ele recobrou os sentidos e disse com voz fraca:

— Que divindade me engana e quer me desviar do caminho que escolhi? É realidade ou sonho o que escutei? Calírroe quer se casar comigo? Ela, que sequer queria que eu a tivesse diante dos olhos?

Parada ao seu lado, Plangona disse:

— Basta de dores vãs e desconfianças da felicidade que te cabe! Não estou enganando meu senhor, ao contrário: Calírroe mandou-me aqui para que tratasse do casamento.

— Faça isso, então! — disse Dionísio. — Cite cada palavra dela, sem tirar nem pôr. Lembre-se com exatidão.

— Ela disse: "Embora pertença à casa mais importante da Sicília, desafortunada estou, mas ainda guardo meu orgulho. Estou privada da terra natal, dos meus pais, só não perdi a nobreza. Se Dionísio me quer ter como concubina, para satisfazer seus próprios desejos, antes a forca que entregar meu corpo a ultrajes de escrava. Se é como esposa, de acor-

---

29. Citação da *Ilíada*, v 696 e outras. Q&C, II 7 e IV 5, com variações em I. 1.

do com a lei, também eu quero me tornar mãe, para que a linhagem de Hermócrates tenha continuidade. Que Dionísio não decida a respeito disso sozinho nem apressadamente, mas com seus amigos e parentes, para que não venha alguém dizer mais tarde: você vai criar filhos de uma mulher comprada com dinheiro e envergonhar a sua casa. E se ele não quer ser pai, também não seja marido".

Essas palavras incendiaram Dionísio e produziram uma leve esperança, dando-lhe a impressão de ser correspondido no amor. Ele ergueu as mãos para o céu e disse:

— Zeus e Hélio, possa eu ver um filho nascido de Calírroe! Nesse dia então vou me considerar mais feliz que o Grande Rei. Vamos até ela! Guie-me, minha devotada Plangona!

[2]

Correu até o piso superior e seu primeiro impulso foi cair aos pés de Calírroe, mas conteve-se e, sentando-se com compostura, falou:

— Vim a sua presença, mulher, agradecer por ter me salvado. Não pretendia tomá-la à força, contra a sua vontade, e, sem conquistá-la, tinha decidido morrer. Volto à vida por sua causa. Apesar de ter-lhe a maior gratidão, censuro-a, contudo. Você duvidou que eu a tomaria como esposa *com vistas à procriação, de acordo com as leis gregas*.[30] Se não estivesse apaixonado, não teria rezado para que esse casamento acontecesse. Mas você, assim parece, acredita que sou louco, se julgar ser escrava uma moça de família nobre e indigno de ser meu filho um descendente de Hermócrates. "Decida-se", você diz. Já estou decidido. A mais amada dentre todas teme

---

30.   Fórmula tradicional e legal para celebração de casamento.

os meus amigos? Quem vai ousar dizer que é indigno aquele que nascer de mim, aquele cujo avô é ainda mais poderoso do que o pai?

Enquanto falava essas coisas e chorava, aproximou-se dela. Corando, ela o beijou com discrição e disse:

— Confio em você, Dionísio, mas desconfio da minha sorte. Por causa dela também antes despenquei de felicidade maior. Temo que ela não tenha mudado para mim. Assim, você, embora seja honesto e justo, faça dos deuses testemunhas, não por sua causa, mas pelos cidadãos e parentes, para que ninguém possa planejar um ato infame contra mim, por saber que você jurou. Uma mulher sozinha e estrangeira é um ser desprezível.

— Por quais deuses quer que eu jure? — perguntou. — Estou pronto a jurar, se possível for, subindo até o céu e tocando o próprio Zeus.

— Por mim, jure pelo mar, que me trouxe até você; por Afrodite, que me mostrou a você; e por Eros, nosso padrinho de casamento.

A proposta pareceu-lhe boa e imediatamente o juramento se fez. A paixão erótica pressionava-o e não admitia o adiamento das bodas, pois desagrada ao poderoso controlar seu desejo. Dionísio, um homem educado, foi surpreendido pela tormenta e sua alma submergiu; ainda assim forçava-se a botar a cabeça para fora do vagalhão da paixão. Entregou-se aos seguintes pensamentos:

— Pretendo me casar em região erma, como se ela fosse de verdade uma escrava comprada? Não sou ingrato a ponto de não festejar o casamento com Calírroe. Nesse caso, em primeiro lugar, é dever honrar a mulher. Além do que, traz segurança para o futuro, já que o Rumor é a mais rápida de todas as coisas, move-se pelo ar e tem desimpedidos os caminhos; por isso, nada do que é extraordinário lhe passa despercebido. Agora mesmo corre levando a novidade à Sicília:

"Calírroe está viva; ladrões de sepultura arrombaram o túmulo e a raptaram; em Mileto foi comprada". Já navegam para cá as trirremes dos siracusanos e o general Hermócrates reclama a filha. O que vou dizer? "Teron vendeu-a para mim"? E onde está Teron? E mesmo que presumam que falo a verdade, sou receptador de um pirata. Dedique-se à causa, Dionísio! Talvez você a apresente diante do Grande Rei. É melhor dizer: "Não sei ao certo, mas ouvi dizer que uma mulher livre veio morar aqui. Desposei-a com seu consentimento na cidade, às claras e de acordo com a lei". Com essa alegação tenho mais chance de persuadir até mesmo meu sogro de que não sou indigno do casamento. Suporte, minha alma, um breve atraso, para que possa desfrutar um prazer estável por muito mais tempo. Terei mais força em um julgamento me valendo do direito de marido e não do de senhor.

Julgando dessa maneira, mandou chamar Leonas e disse:

— Vá para a cidade. Prepare tudo para um casamento grandioso: mande buscar o gado daqui, que transportem comida e vinho por terra e mar; eu me disponho a dar uma festa pública, aberta para toda a cidade.

Após determinar tudo detalhadamente, no dia seguinte ele mesmo fez o trajeto num carro, mas ordenou que Calírroe (pois ainda não queria exibi-la ao povo) fosse levada de barco ao cair da noite a sua casa, que ficava bem junto ao porto, conhecido por Dócimo. Recomendou que Plangona cuidasse dela. No momento em que ia deixar o campo, Calírroe dirigiu primeiro uma prece a Afrodite. Foi até o templo e, depois de fazer todos saírem de lá, disse para a deusa:

— Soberana Afrodite, devo censurá-la com justiça ou agradecer-lhe? Quando donzela, você me atrelou a Quéreas e agora me faz noiva de um outro depois dele. Eu não teria sido convencida a jurar por você e seu filho, se este bebê aqui — apontou o ventre — não tivesse me traído. Suplico, não por mim, mas por ele! Faça que meu ardil passe despercebido.

Como ele não tem seu pai verdadeiro, que o julguem filho de Dionísio; depois, uma vez crescido, irá ao encontro daquele.

Quando os marinheiros a viram caminhar do recinto sagrado até o mar, foram tomados de medo, como se a própria Afrodite viesse embarcar, e em massa puseram-se de joelhos. Com o empenho dos remadores, o barco navegou até o porto mais rápido do que levaria para narrar.

Ao raiar do dia toda a cidade estava enfeitada com guirlandas. Cada um fazia sacrifícios diante de suas casas, não exclusivamente nos templos. Brotavam histórias fabulosas sobre a identidade da noiva. A população mais simples acreditava, em vista da beleza e da aura de mistério da mulher, que era uma nereida saída do mar ou uma deusa vinda da propriedade de Dionísio. Os marinheiros, ao menos, falavam nesses termos. Um só era o desejo de todos: contemplar Calírroe. E o povo se aglomerou nas imediações do templo da Concórdia, onde era costume os futuros maridos receberem as noivas.

Pela primeira vez desde o seu próprio funeral, Calírroe deixou-se adornar, pois, ao decidir se casar, considerou que sua beleza era sua família, sua terra natal. Vestida à moda milésia e portando a tiara nupcial, olhou fixamente para a multidão. Então todos exclamaram: "É Afrodite que se casa!". À sua passagem estendiam tapetes vermelhos, lançavam rosas e jacintos, aspergiam perfume. Ninguém ficou em casa, nem criança, nem velho; também os portos ficaram vazios. O povo subiu nos telhados, acotovelando-se. Mas, também nesse dia, aquela divindade adversa novamente teve inveja, como logo, logo contarei. Primeiro, quero relatar o que se passou em Siracusa nesse mesmo período.

[3]

Os ladrões de sepultura foram negligentes ao fechar o túmulo, já que era noite e tinham pressa. Quéreas, que aguardara o raiar do dia, foi até lá com o pretexto de depositar coroas e libações, mas, na verdade, estava decidido a dar cabo de sua vida. Não suportava a separação de Calírroe e julgava que somente a morte poderia curar sua dor. Ao chegar, encontrou as pedras remexidas e a entrada exposta. Tal visão foi um golpe para ele, que foi tomado por uma terrível sensação de impotência em vista dos fatos.

Rumor cuidou rápido de revelar aos siracusanos a notícia extraordinária. Todos corriam até o túmulo, mas ninguém ousava entrar lá sem o assentimento de Hermócrates. O encarregado dessa missão reportou tudo com exatidão. Parecia inacreditável que nem a morta estivesse lá deposta. Assim, Quéreas, com desejo de ver Calírroe novamente, ainda que morta, considerou que era ele que merecia entrar, mas após explorar o túmulo não conseguiu encontrar nada.

Por descrença, muitos entraram depois dele. Todos estavam atônitos e um dos que lá estavam disse:

— As oferendas fúnebres foram saqueadas — trabalho de ladrões de sepultura; mas, e a morta, onde está?

Muitas histórias fabulosas, divergentes, tomavam a imaginação do povo. Erguendo os olhos para o céu e estendendo as mãos, Quéreas disse:

— Que deus se tornou meu rival e levou Calírroe daqui? Quem a tem agora a seu lado, sem que ela queira, mas constrangida por um destino mais forte? Por isso morreu de repente, para que não adoecesse. Assim Dioniso tirou Ariadne de Teseu, e Zeus, Sêmele de Acteon. Eu não sabia que tinha uma deusa por esposa, nem que ela era mais poderosa do que nós. Mas não era necessário que ela, tão logo e sob tal pretexto, deixasse o convívio humano. Tétis, que era deusa, ficou ao lado de Peleu, e ele teve um filho com ela; mas eu, no auge da paixão, fui abandonado. O que devo suportar? O que será de mim, infeliz? Devo pôr fim à minha vida? E com quem serei sepultado? Em meio ao infortúnio, tinha ao menos essa esperança: se não pude manter leito comum com Calírroe, teria em comum com ela o túmulo. Argumento por minha vida, querida, diante de você. Você me obriga a viver, pois vou buscá-la por terra e mar e, se pudesse, subiria até mesmo ao céu. Peço apenas, mulher, que não fuja de mim!

Em vista disso o povo irrompeu em um lamento e, em seguida, todos deram início a um canto fúnebre como se Calírroe tivesse acabado de morrer.

Imediatamente trirremes foram lançadas ao mar e muitos participaram da busca. Enquanto Hermógenes vasculhava pessoalmente a Sicília, Quéreas foi à Líbia. Outros seguiram para o sul da Itália e alguns receberam ordens de cruzar o mar Jônio. A ajuda vinda dos homens foi por completo ineficiente e coube à Fortuna revelar a verdade, pois sem ela nenhuma empresa tem sucesso. Essa é a lição a ser tirada dos fatos.

Os ladrões de sepultura, após terem negociado a mercadoria mais difícil de vender, a mulher, seguiram viagem para Creta. Tinham ouvido falar que a ilha era grande e afortunada, e nela esperavam que haveria comércio para as mercadorias restantes. Um forte vento surpreendeu-os e lançou-os ao mar Jônio, onde ficaram à deriva no mar deserto. Trovões, raios e uma noite sem fim envolveram os ímpios. Era a Providência indicando que só fizeram boa viagem antes por causa de Calírroe.[31] Estando cada vez mais próximos da morte, a divindade não os livrou logo do medo; ao contrário, adiou o naufrágio. A terra não acolhia os ímpios que, por terem ficado muito tempo no mar, enfrentaram necessidades, principalmente de água potável. De nada lhes valia o dinheiro injusto, pois morriam de sede em meio ao ouro. Lentamente se arrependeram daquilo que ousaram fazer, quando já não havia vantagem acusarem-se uns aos outros.

---

31. Providência, em grego, *Pronoia* (presciência, premeditação), é um conceito filosófico que designa o propósito inteligente que rege o universo, normalmente associado à divindade.

Todos eles morriam de sede, com exceção de Teron, que demonstrava ser mau-caráter mesmo nessa situação, pois tendo roubado secretamente água potável, pilhava seus companheiros de pilhagem. Imaginava que fizera algo ardiloso, mas, de fato, não passava de obra da Providência que o guardava para a tortura e a cruz.

Calhou de ser justamente a trirreme comandada por Quéreas a topar com a nau à deriva. Eles primeiro a evitaram, como a um navio pirata, mas já que parecia estar desgovernada, provavelmente entregue ao sabor das ondas, um marujo da trirreme exclamou:

— Nem sinal de tripulantes. Não há por que ter medo. Vamos nos aproximar e investigar esse fato extraordinário.

A sugestão agradou ao piloto. Quéreas, no entanto, com a cabeça coberta, na cava nau chorava. Quando se aproximaram, primeiro chamaram os de dentro. Como ninguém respondeu, um marujo da trirreme subiu a bordo, mas não viu nada além de ouro e cadáveres. Contou aos marinheiros, que se alegraram, julgando-se afortunados por terem encontrado um tesouro no mar.

Diante do alvoroço, Quéreas perguntou qual a causa. Assim que soube, também ele quis ver a novidade. Ao reconhecer as oferendas fúnebres, rasgou suas roupas e disse em alto e bom som:

— Ai de mim, Calírroe! Essas são as suas coisas! Com essa coroa eu lhe cingi! Isso foi seu pai que lhe deu; aquilo, sua mãe. Esse é o vestido de noiva! O navio tornou-se seu túmulo! Contudo, se vejo as suas coisas, você, onde está? Somente a morta falta às oferendas.

Teron ouviu essas palavras. Ele jazia em meio aos corpos e estava semimorto. Há muito tomara a decisão de não deixar escapar nenhuma palavra, nem se mover, pois não lhe era impossível prever o que viria a acontecer. Contudo, o ser humano, por natureza, ama a própria vida e nem nas situações mais extremas deixa de lado a esperança em uma mudança para o melhor. Esse é o pensamento que o deus demiurgo implantou em todos os homens, para que não fujam a uma vida de sofrimento. Tomado pela sede, deixou escapar uma primeira palavra:

— Água!

Quando foi atendido e recebeu todo cuidado, Quéreas sentou-se ao seu lado e perguntou:

— Quem é você? E navega para onde? E qual a origem dessas coisas? E o que foi feito da dona delas?

Teron recordou-se de quem era, um mau-caráter, e disse:

— Sou um cretense, navegava para a Jônia à procura de meu irmão que estava guerreando por lá.[32] Fui deixado para trás em Cefalônia pela tripulação do navio, que teve que zarpar de repente dali. Afortunadamente, subi a bordo de um barco que estava de passagem. Fomos lançados a esse mar por ventos extraordinários e, em seguida, sobreveio uma longa calmaria. Todos morreram de sede e somente eu fui salvo graças a minha piedade.

Depois de escutá-lo, Quéreas deu ordens para que a trirreme rebocasse o barco até que desembarcassem no porto de Siracusa.

[4]

Rápido, como lhe é natural, o Rumor tomou a dianteira. Apressou-se então a revelar a novidade tão extraordinária. Todos

---

32. Possível eco da *Odisseia*. Por diversas vezes, Odisseu, ao voltar a Ítaca, se faz passar por cretense, ocultando sua identidade com histórias mentirosas. Cabe também anotar que Creta era um conhecido posto de piratas no período helenístico. Mais adiante, Teron declara que pretendia vender na ilha a carga roubada do túmulo.

correram para a beira-mar e a emoção ali era variada: havia quem chorasse, quem estivesse tomado de espanto, quem buscasse informações, quem estivesse descrente. De fato, o relato da novidade representou um golpe para eles.

Quando a mãe viu as oferendas fúnebres da filha lamentou-se em altos brados:

— Reconheço cada coisa. O único que falta é você, minha criança! Esses ladrões de sepultura são diferentes! Ficam com a roupa e o ouro e só me roubam a filha.

As praias e os portos ecoaram os golpes desferidos pelas mulheres contra si e encheram a terra e o mar de gemidos.

Hermócrates, homem dado ao comando e de espírito pragmático, disse:

— Não devemos proceder aqui à investigação, mas antes fazer a averiguação de modo mais conforme com a lei. Vamos para a assembleia! Quem sabe se haverá necessidade de um corpo de jurados?

Ainda não tinha terminado de falar e o teatro já estava cheio.[33] As mulheres também compareceram àquela assembleia. Enquanto o povo sentava-se em suspense, Quéreas foi o primeiro a entrar, vestido de preto, pálido, desmilinguido, como quando acompanhou sua mulher ao túmulo. Não quis subir à tribuna, mas, parado ali embaixo, primeiro chorou por muito tempo e, embora quisesse falar, não conseguia. A multidão gritava:

— Coragem, fale!

Com dificuldade, levantou os olhos e disse:

— A ocasião que ora se apresenta não é de discurso, mas de luto. Contudo, forçado pela necessidade, eu falo e me mantenho vivo até elucidar o desaparecimento do corpo de

---

33. Citação da *Ilíada*, X 540; *Odisseia*, XVI 11: expressão formular. Em Q&C, também em VII. 1.

Calírroe. Por isso, zarpei daqui sem saber se fiz viagem afortunada ou desafortunada. Avistei um navio à deriva em tempo bom, lotado em sua própria tormenta e submergindo em calmaria. Admirados, aproximamo-nos. Julguei contemplar o túmulo de minha pobre esposa, com tudo que era dela, exceto ela própria. Havia ali inúmeros cadáveres, mas de outros. Esse homem aqui, semimorto, foi encontrado em meio a eles. Com todo cuidado, eu o reanimei e mantive sob vigilância para entregá-lo a vocês.

Enquanto isso, escravos a serviço da cidade trouxeram ao teatro Teron, que estava acorrentado, com uma escolta adequada. Seguiam-no uma roda de suplício, um cavalete, fogo e chicotes, prêmios que a Providência lhe concedera por seus feitos.[34]

Quando foi posicionado no centro da assembleia, um dos magistrados deu início ao interrogatório:

— Qual o seu nome?

— Demétrio — disse.

— De onde?

— Sou cretense.

— O que tem a declarar? Fale.

— Quando navegava para a Jônia em busca de meu irmão, fui deixado para trás pelo meu navio e, em seguida, subi a bordo de um barco que estava de passagem. Eu supunha que eram negociantes, mas agora vejo que eram ladrões de sepultura. Por termos ficado muito tempo no mar, todos os outros foram perecendo por falta de água potável e somente eu me salvei, por não ter cometido nenhuma maldade em minha vida. Tomara que vocês, siracusanos, povo cuja bondade é notória, não sejam para mim mais cruéis que a sede e o mar.

---

34. São nomeados instrumentos ou meios de tortura por meio dos quais se daria o interrogatório de Teron.

Lastimou-se assim e a piedade tomou conta da maioria. Ele quase os teria persuadido, a ponto de obter até mesmo recursos para seguir viagem, se seu discurso injusto não houvesse provocado a justa indignação de uma divindade vingadora de Calírroe. Este estava para se tornar o caso mais infeliz de todos, caso ele tivesse persuadido os siracusanos que fora o único salvo em vista da piedade, quando na verdade foi o único a se salvar devido à impiedade — apenas para receber um castigo exemplar.

No entanto, um pescador, que estava sentado em meio ao povo, o reconheceu e disse em voz baixa para os que se sentavam ao seu lado:

— Eu já vi esse homem antes, rondando o nosso porto.

Logo a declaração passou de um para outro e alguém gritou:

— Ele está mentindo!

Todo o povo virou-se em sua direção, e os magistrados ordenaram que depusesse aquele que falara primeiro. Embora Teron o refutasse, o pescador tinha mais credibilidade. Imediatamente chamaram os algozes e os chicotes cantaram no couro do ímpio. Queimado e retalhado, ele resistia ao máximo e por pouco não venceu as torturas. Mas é forte a voz da consciência e todo-poderosa a verdade. Assim, embora com dificuldade e aos poucos, Teron confessou. Deu início ao relato:

— Quando vi que uma riqueza fora enterrada, reuni piratas. Abrimos a sepultura. Encontramos a morta com vida. Saqueamos e colocamos tudo no barco. Navegamos até Mileto e vendemos somente a mulher, o restante transportávamos para Creta. Fomos lançados ao mar Jônio por ventos e o que sofremos vocês testemunharam.

Disse tudo, mas guardou-se somente de mencionar o nome do comprador.

Diante dessas palavras, alegria e tristeza tomaram conta de todos. Alegria porque Calírroe estava viva; tristeza porque tinha sido vendida. A pena de morte foi atribuída a Teron, mas

Quéreas suplicou que não o matassem, para que, ele disse, "fosse comigo e revelasse a identidade dos compradores":

— Pensem no que sou constrangido a fazer. Devo argumentar em favor daquele que vendeu minha mulher.

A isso Hermócrates opôs-se dizendo:

— É melhor fazer a investigação mais penosa do que infringir as leis. Peço a vocês, homens de Siracusa, que, em memória de minhas campanhas e vitórias, concedam-me um favor em nome de minha filha. Despachem uma embaixada por ela. Recuperemos aquela que nasceu livre.

Enquanto ainda falava, o povo gritou "iremos todos ao mar!", e a maioria dos conselheiros levantou-se e queria ir. Hermócrates disse:

— Agradeço a todos por essa honra, mas basta dois embaixadores do povo e dois do Conselho. Com Quéreas, serão cinco a embarcar.

Concordaram com a proposta e a ratificaram. Em seguida ele dissolveu a assembleia. Quando Teron foi levado, boa parte da multidão foi atrás. Ele foi crucificado diante da sepultura de Calírroe e do alto da cruz olhou para aquele mar, através do qual levou a filha de Hermócrates prisioneira, mar que nem os atenienses tomaram.

[5]

A todos os outros parecia melhor esperar até a temporada de navegação e deixar para zarpar quando raiasse a primavera. Naquela altura, ainda estavam no inverno e parecia a todos impossível atravessar o mar Jônio, mas Quéreas tinha pressa e por causa do amor estava pronto a jungir o barco e deixar-se levar pelo pélago ao sabor dos ventos.

Na verdade, nem mesmo os embaixadores queriam saber de delongas por consideração a ele e, principalmente, a

Hermócrates, e estavam prontos a fazer-se ao mar. Os siracusanos enviaram uma expedição oficial, a fim de marcar a dignidade da missão. Lançaram ao mar a famosa trirreme de guerra, a que tinha o emblema da vitória. Quando chegou o dia marcado para a partida, a multidão acorreu ao porto — não somente os homens, mas também mulheres e crianças. Conviviam lágrimas, preces, gemidos, encorajamento, temor, confiança, desespero, expectativa. Ariston, o pai de Quéreas, carregado devido à velhice extrema e à doença, agarrava o pescoço do filho e, pendurado nele, chorava e dizia:

— Por que, filho, abandona a mim, um velho à beira da morte? Está claro que nunca mais o verei. Fique, ainda que uns poucos dias, para que eu morra nos seus braços! Enterre-me e parta.

A mãe, tocando-lhe os joelhos, suplicava:

— Eu lhe peço, filho, não me abandone aqui sozinha, mas embarque-me na trirreme. Sou uma carga leve, mas se for pesada e volumosa, atire-me ao mar quando você navegar!

Ao dizer isso, rasgou as roupas, expôs os seios e falou:

— Filho, *venere estes seios e tenha piedade de mim, se alguma vez lhe dei o peito confortador!*[35]

Abalado com a súplica dos pais, Quéreas atirou-se do navio ao mar, querendo morrer. Com isso escaparia à escolha excludente: ou abandonar a busca por Calírroe ou afligir seus pais. Logo os marinheiros também se atiraram e com dificuldade o resgataram. Então, Hermócrates dispersou a multidão e ordenou ao piloto lançar o navio ao mar.

Aconteceu também outro ato de amizade, não desprovido de nobreza. Policarmo, companheiro de Quéreas, naquele momento não foi avistado no centro da ação, mas disse aos seus pais:

---

35. Citação da *Ilíada*, XXII 82-3.

— Quéreas é querido, querido para mim, mas certamente não a ponto de correr com ele os perigos mais extremos. Por isso, vou ficar à distância até que zarpe.

Quando o barco se afastou da terra, Palicarmo acenou para eles da popa, para que não mais pudessem detê-lo.

Ao deixar o porto, Quéreas olhou para o pélago e disse:

— Leve-me, ó mar, pelo mesmo caminho pelo qual levou Calírroe! Faço um voto, Poseidon, ou ela volta comigo ou eu, sem ela, não volto aqui. Se não conseguir recuperar minha mulher, prefiro até mesmo ser escravo ao seu lado.

[6]

Um vento favorável levava a trirreme e era como se seguisse o rastro do barco pirata. Em igual número de dias chegaram à Jônia e ancoraram junto ao mesmo promontório, na propriedade de Dionísio. Exaustos, os outros desceram à terra para se refazerem: armaram tendas e prepararam a refeição. Quéreas, entretanto, dava uma volta em companhia de Policarmo e dizia:

— Como agora conseguiremos encontrar Calírroe? O que mais temo é que Teron tenha mentido para nós e que a pobre coitada esteja morta! Mas se foi mesmo vendida, quem sabe onde? A Ásia é grande!

Enquanto andavam a esmo, toparam com o templo de Afrodite. Decidiram ajoelhar-se perante a imagem da deusa. Caindo aos seus pés, Quéreas disse:

— Foi você, senhora minha, a primeira a me mostrar Calírroe no seu festival. Então a devolva agora, se eu a obtive por sua graça.

Enquanto isso, Quéreas ergueu-se e viu ao lado da deusa uma estátua de ouro de Calírroe, oferenda de Dionísio.

Afrouxaram-se lhe os joelhos e também o caro coração.

A vista escureceu, e tomado de vertigem, ele caiu. A sacerdotisa-auxiliar assistia à cena e trouxe-lhe água e, uma vez recuperado o homem, disse-lhe:

— Coragem, filho! A deusa já atordoou muitos outros. Ela é dada a epifanias e mostra-se com clareza. Mas isso é sinal de um grande bem. Vê aquela imagem, a de ouro? Essa mulher era uma escrava, mas Afrodite a fez senhora de todos nós!

— E quem é ela? — perguntou Quéreas.

— Ela é a senhora de toda essa propriedade, filho, a esposa de Dionísio, o mais importante dentre os jônios.

Ao escutar isso, Policarmo, como estava senhor de si, não deixou que Quéreas dissesse mais nada e, sustentando-o, o levou dali. Não queria que sua identidade fosse revelada antes de considerarem todos os aspectos da questão e se colocarem de acordo. Enquanto a sacerdotisa-auxiliar esteve por perto, Quéreas nada falou: aferrou-se ao silêncio, exceto quando suas lágrimas brotaram espontaneamente. Mas quando já estavam longe, atirou-se ao chão e disse:

— Ó mar bondoso, por que você me poupou? Será que para que eu visse, ao desembarcar são e salvo aqui, Calírroe mulher de outro? Jamais esperei que isso acontecesse, nem mesmo se Quéreas estivesse morto! Desafortunado que sou, que devo fazer? Eu esperava obtê-la de um senhor e acreditava que com um resgate eu persuadiria seu comprador. Mas agora, Calírroe, eu a encontro rica, quase uma rainha. Eu teria sido bem mais afortunado se a encontrasse na escravidão! Devo ir até Dionísio e dizer-lhe: "Devolva a minha mulher!"? Quem fala assim a alguém que está legalmente casado? Não, se for ao seu encontro, nem posso aproximar-me de você, nem a saudar com amabilidade, como qualquer cidadão, uma coisa corriqueira. Talvez eu corra o risco de ser morto ao propor adultério a minha própria esposa!

Ele se lamentava e Policarmo o consolava.

[7]

Enquanto isso, Focas, o encarregado da propriedade de Dionísio, observou a trirreme de guerra e ficou apreensivo. Após trocar amenidades com um marinheiro, dele soube a verdade: quem eram, de onde vinham e o porquê. Percebeu que essa trirreme trazia um grande infortúnio para Dionísio e que ele não viveria se fosse separado de Calírroe. Como era leal a seu patrão, quis antecipar-se ao pior e evitar uma guerra, que não seria grande nem generalizada, mas somente contra a casa de Dionísio. Por isso, cavalgou até uma guarnição persa, informou que havia notado a presença de uma trirreme inimiga ancorada furtivamente, talvez em missão de espionagem, talvez para pilhagem, e que interessava aos negócios do Grande Rei que ela fosse capturada antes de cometer algum crime. Convenceu os persas e conduziu suas tropas. Atacaram no meio da noite e lançaram fogo à trirreme, que ardeu. Quanto aos sobreviventes, eles os capturaram e conduziram presos à guarnição. Depois que os prisioneiros foram distribuídos em lotes, Quéreas e Policarmo suplicaram que os vendessem a um só senhor. Quem os capturou negociou-os para a Cária. Lá, arrastando pesadas correntes, trabalhavam as terras de Mitrídates.

Calírroe viu em sonho Quéreas acorrentado, querendo aproximar-se dela, mas sem conseguir. Durante o sono, deu um grito alto e estridente: "Quéreas, aqui!". Foi a primeira vez que Dionísio escutou o nome de Quéreas e diante da perturbação da mulher quis saber:

— Quem você chama?

Traíram-lhe as lágrimas e ela não podia conter a aflição, dando livre vazão às emoções. Disse:

— Um homem desafortunado, meu primeiro marido, que nem em sonhos é feliz! Eu o vi acorrentado. Infeliz que é, ao me buscar encontrou a morte — com certeza as correntes representam a sua morte! Enquanto isso eu estou viva e em meio ao luxo, deito-me em leito lavrado de ouro ao lado de outro marido. Mas não levará muito tempo até eu o alcançar! Se quando estávamos vivos não desfrutamos um do outro, mortos, estaremos juntos.

Ao ouvir essas palavras, Dionísio entregou-se a pensamentos variados. De um lado, havia o ciúme, porque, mesmo morto, ela ainda amava Quéreas; de outro, o medo de que ela se matasse. Contudo, estava confiante porque a mulher julgava que o primeiro marido estava morto e, assim, não abandonaria Dionísio, uma vez que Quéreas não estava mais entre os vivos. Consolou a mulher da melhor maneira possível e por muitos dias vigiou para que ela não tentasse algo terrível contra si própria. A esperança de que ele talvez estivesse vivo e que fosse aquele um sonho enganoso distraiu a dor — e ainda mais sua barriga. No sétimo mês depois do casamento, ela deu à luz um filho, que na aparência era de Dionísio, mas que na verdade era de Quéreas. A cidade deu uma festa magnífica e enviados vieram de toda parte para celebrar com os milésios porque a descendência de Dionísio crescia. E ele, tomado de alegria, considerou a mulher sua igual em tudo e a designou senhora da casa. Encheu os templos com oferendas e recebeu a cidade inteira para sacrifícios.

[8]

Calírroe estava ansiosa por temer que Plangona traísse seu segredo. Decidiu dar-lhe a liberdade, já que era a única que sabia que chegara grávida à casa de Dionísio, para que conquistasse sua confiança não somente pelo favor, mas também pela fortuna. Dionísio disse:

— De boa vontade recompenso Plangona pela assessoria dada nos assuntos amorosos. Mas agimos mal se premiamos a criada sem retribuir a graça de Afrodite, em cujo templo nos vimos pela primeira vez.

Calírroe disse:

— E eu quero fazer ainda mais do que você, pois lhe devo uma graça maior. Agora ainda estou de cama, mas se esperarmos uns poucos dias, poderemos partir em segurança para o campo.

Ela se recuperou rapidamente do parto e *ficou maior e mais forte*. Alcançara o apogeu da vida de mulher, e não mais de moça. Quando chegaram ao campo, Focas havia preparado um sacrifício magnífico, pois uma multidão acompanhou-os desde a cidade. Ao ordenar o início da hecatombe, Dionísio disse:

— Soberana Afrodite, você é a causa de todo o meu bem. Graças a você tenho Calírroe; graças a você, meu filho; sou marido por você, e também pai. Calírroe bastava-me e é *mais doce para mim do que a terra natal e meus pais*, amo o filho porque ele assegurou a mãe para mim. Ele é a garantia da sua afeição. Suplico-lhe, soberana: guarde-me Calírroe, e o meu filho, guarde-o para Calírroe.

O povo, parado ali em volta, aprovou com uma aclamação e cobriram-nos de pétalas — uns, com rosas, outros, com jacintos e ainda outros, com coroas inteiras —, de modo que o recinto ficou tomado de flores.

Dionísio fez sua prece e todos escutaram, mas Calírroe quis conversar a sós com Afrodite. Primeiro acomodou o filho em seus braços e viu-se um belíssimo espetáculo, como nenhum pintor pintou, nem escultor esculpiu, nem poeta descreveu até hoje, já que nenhum deles representou uma Ártemis ou Atena que levasse um bebê nos braços.[36] Dionísio chorou de alegria ao vê-la e discretamente se ajoelhou diante

---

36. Curiosa a comparação com Ártemis e Atena, deusas virgens e sem prole, e não com Afrodite, como é usual, que poderia ter sido retratada com uma criança por ter sido mãe, como mostra o relevo do *Sebasteion*, templo dedicado aos imperadores em Afrodísias.

de Nêmesis. Ela deu ordens para que somente Plangona ficasse e pediu que os demais fossem antes para a casa. Quando tinham se afastado, de pé junto de Afrodite estendia o bebê em suas mãos enquanto dizia:

— Por ele, soberana, reconheço tua graça; por mim, já não sei. Estaria reconhecida, se tivesse olhado Quéreas por mim. Você, no entanto, me concedeu uma imagem do marido mais amado e não me privou de todo de Quéreas. Conceda-me que o filho seja mais feliz que os pais, que seja igual ao avô. Que ele navegue em uma trirreme de guerra e que digam dele, ao participar de uma batalha naval, "ainda melhor que Hermócrates é o seu neto!". Assim o avô vai se comprazer por ter um herdeiro de valor, e nós, seus pais, vamos nos comprazer, ainda que mortos. Suplico-lhe, soberana, dê-me trégua daqui para frente, pois já tive minha cota de infortúnios! Morri, ressuscitei, fui vítima de piratas, levada ao exílio, vendida e escravizada. Coloco na conta também o segundo casamento, para mim ainda mais pesado que o resto. Mas, em troca de tudo isso, uma única graça de você eu peço e, através de você, aos demais deuses. Guarda-me esse órfão!

E as lágrimas a impediram de falar mais, embora quisesse.

[9]

Passado um instante, ela chamou a sacerdotisa. A velha, obedecendo, falou:

— Por que o choro, minha criança, em meio a tamanhos bens? Já os estrangeiros se põem de joelhos à sua frente como se fosse uma deusa. Há pouco estiveram aqui dois belos jovens, chegados por mar. Um deles, ao ver sua estátua, pouco faltou para expirar. Assim Afrodite fez de você uma sua manifestação!

Isso foi um golpe no coração de Calírroe que, como se estivesse fora de si, com os olhos vidrados, exaltou-se:

— Quem eram os estrangeiros? De onde zarparam? O que contaram a você?

De medo, a velha primeiro ficou sem voz, depois articulou com dificuldade o seguinte:

— Eu só os vi, nada escutei.

— E qual a sua aparência? Recorde seus traços!

Embora a velha não os tenha descrito com exatidão, ela suspeitou a verdade. *Cada um imagina aquilo que quer, afinal.*[37] Olhando para Plangona, disse:

— É possível que o pobre Quéreas tenha vindo dar aqui em suas errâncias! O que de fato aconteceu? Vamos procurá-lo, mas bico calado!

Assim que chegou à casa de Dionísio, disse somente aquilo que escutou da sacerdotisa, pois sabia que Eros é naturalmente bisbilhoteiro e que, por causa dele, o marido ia querer investigar o fato. E foi isso o que aconteceu. Assim que soube, Dionísio logo se encheu de ciúmes. Estava longe de suspeitar que se tratasse de Quéreas, mas antes temeu que uma conspiração para o adultério estivesse em curso sem ser notada em sua propriedade. A beleza da mulher o persuadia a suspeitar e temer tudo. Tinha medo não somente das conspirações humanas, mas supunha mesmo que um deus poderia descer do céu para rivalizar com ele. Mandou chamar Focas e interrogou:

— Quem são os jovens? De onde vêm? Será que eram ricos e de boa aparência? Por que se prosternaram diante da minha Afrodite? Quem a mostrou a eles? Quem lhes deu permissão?

Focas escondeu a verdade, não por temer Dionísio, mas por saber que Calírroe poria a perder a ele próprio e a sua

---

37. Demóstenes, *Olintíacas*, 3.19.

família, caso fosse informada do que acontecera. Já que ele negava que alguém tivesse vindo dar ali, Dionísio, sem saber seus motivos, suspeitou que uma conspiração mais grave estivesse em curso contra ele. Enraivecido, pedia então açoites e tronco para Focas, e não somente para ele: convocou todos os que estavam na propriedade, determinado a investigar o adultério. Quando Focas percebeu o tamanho do risco que corria, quer falasse, quer calasse, disse:

— Senhor, somente a você contarei a verdade.

Dionísio mandou que todos se retirassem e disse:

— Eis que estamos sozinhos. Chega de mentiras. Fale a verdade mesmo que seja ruim.

Ele disse:

— Não há nada de ruim, senhor; ao contrário, pois trago-lhe relatos de coisas muito boas. Se o começo for mais sombrio, não fique ansioso ou aflito; espere até ouvir tudo, pois para você o final é feliz.

Excitado com a promessa e na expectativa da história, Dionísio disse:

— Nada de delongas. Vamos, passe já ao relato.

E ele deu início então à sua fala:

— Uma trirreme aportou aqui, vinda da Sicília, com emissários dos siracusanos para reclamar Calírroe de volta.

Ouvir isso foi a morte para Dionísio e *a noite cobriu-lhe os olhos*. Teve uma visão nítida de Quéreas parado à sua frente e arrastando Calírroe para longe dele. E ele já estava estendido, com aparência e cor de um cadáver, enquanto Focas estava em um impasse, já que não queria chamar ninguém, para que não houvesse testemunha do relato secreto. Com dificuldade, aos poucos, conseguiu recuperá-lo enquanto dizia:

— Coragem, Quéreas está morto, o navio está destruído, não há nada a temer!

Essas palavras reanimaram Dionísio e ele voltou a si novamente e se informou de tudo nos mínimos detalhes. Focas contou-lhe do marinheiro que lhe revelou de onde era a trirreme, por que razão navegavam e quem eram os visitantes. Contou-lhe da sua estratégia envolvendo os persas, da noite, do fogo, dos destroços do naufrágio, das mortes, das prisões. Como afastara a nuvem escura de seu coração, Dionísio abraçou Focas e disse:

— Você é meu benfeitor, um verdadeiro baluarte e o mais fiel nos assuntos que requerem segredo. Por sua causa ainda tenho em minha posse Calírroe e meu filho. Eu não ordenei que matasse Quéreas, mas não o censuro por tê-lo feito, pois o erro é de um servidor dedicado. Em somente uma coisa você foi negligente: não procurou saber se Quéreas está entre os mortos ou entre os presos. Devia ter buscado o corpo, pois ele teria obtido um túmulo, e eu ficaria mais confiante. Agora, contudo, não posso gozar minha boa fortuna despreocupadamente por causa dos que foram aprisionados, pois sequer sabemos para onde cada um deles foi vendido.

[10]

Depois de ordenar a Focas que fizesse público o relato de tudo o que acontecera, mas que silenciasse sobre dois fatos (sua estratégia e o fato de que ainda viviam alguns dos que estavam na trirreme), Dionísio apresentou-se casmurro a Calírroe. Após tê-los instruído, ele convocou os camponeses para que sua mulher ficasse sabendo do que se passara e renunciasse de forma definitiva a tudo que envolvesse Quéreas. Eles vieram e contaram tudo o que sabiam: que "um dia piratas bárbaros atacaram durante a noite e incendiaram uma trirreme grega que, na véspera, tinha ancorado junto ao promontório"; e que "ao amanhecer vimos sangue misturado à água e corpos levados pelas ondas". Assim que ouviu isso, a mulher rasgou suas vestes e, batendo nos olhos e na face, subiu correndo para o aposento, que, por ocasião de sua venda, ocupou primeiro. Dionísio deu-lhe liberdade para expressar seu sofrimento, temendo tornar-se insuportável se impusesse sua presença em momento inoportuno. Pediu que todos se afastassem dela e que só Plangona ficasse por perto, por medo que ela tentasse algo terrível contra si própria. Sozinha, Calírroe sentou-se no chão e verteu cinza sobre a cabeça, raspou o cabelo e deu início à lamentação:

— Que eu morresse antes ou junto com você, Quéreas, eram as minhas preces, mas que eu morra depois é de todo inevitável. Que esperança resta que me mantenha viva? No meu infortúnio, até agora eu pensava: "Ainda verei Quéreas um dia e lhe contarei o quanto sofri por causa dele. Isso tudo me fará mais querida por ele. Tamanha será sua alegria quando vir o filho!". Para mim foi tudo em vão e o filho já é supérfluo. O órfão somou-se aos meus males. Injusta Afrodite! Só você viu Quéreas chegar e para mim não o mostrou! A mãos de piratas confiou seu belo corpo! Não teve pena do que navegou por sua causa. Quem faria preces a uma deusa assim, que mata um devoto seu? Não o socorreu, quando no meio da noite horrenda viu ser morto um belo rapaz, enamorado, perto de você. Tirou de mim o companheiro, o conterrâneo, o amante, o amado, o noivo. Devolva-o para mim, mesmo morto. Admito que, dentre todos, nós nascemos os mais abandonados pela Fortuna. Que crime a trirreme cometeu que os bárbaros a queimaram, ela que nem sequer os atenienses subjugaram? Os nossos pais estão agora sentados à beira-mar, esperando nosso retorno e, ao sinal de qualquer barco ao longe, dizem "Quéreas vem trazendo Calírroe!". Mandam preparar nosso leito nupcial, enfeitam o quarto para nós, que sequer temos um túmulo nosso. Mar impuro, que trouxe Quéreas a Mileto para ser morto e a mim, para ser vendida!

LIVRO

IV

[1]

A noite Calírroe dedicou aos lamentos fúnebres, mergulhada no luto por Quéreas, que, no entanto, ainda estava vivo. Quando adormeceu por instantes, viu em sonho bandidos bárbaros portando fogo, a trirreme incendiada e a si mesma vir em socorro de Quéreas. Dionísio estava entristecido por ver a mulher arrasada — temia que sua beleza se perdesse —, mas considerava favorável à sua própria paixão que ela renunciasse de vez ao primeiro marido. Querendo mostrar-se terno e magnânimo, disse a ela:

— Levante-se, querida, e trate de providenciar um túmulo para o infeliz! Por que você perde tempo com coisas impossíveis e negligencia as suas obrigações? Imagine que ele está de pé a sua frente e diz:

Enterre-me, para eu transpor o quanto antes as portas do Hades.[38]

E, no caso de não se encontrar o corpo do desafortunado, uma antiga lei dos gregos permite que se dediquem túmulos para os desaparecidos.

Persuadiu-a logo, pois o conselho era do seu agrado. Quando a preocupação se instalou, a tristeza cedeu e, levan-

---

38. Citação da *Ilíada*, XXIII 71.

tando-se da cama, ela passou em revista a propriedade, para ver onde faria o túmulo. Agradaram-lhe as redondezas do templo de Afrodite, de modo que eles tivessem ali o memorial de seu amor. Dionísio invejou Quéreas por essa proximidade, já que reservava esse lugar para si mesmo. No entanto, ao mesmo tempo, querendo que as providências a ocupassem, disse:

— Vamos até a cidade, querida, e ali, junto à acrópole, providenciemos um túmulo alto e notável,

que de longe, do alto-mar, seja visível aos homens.[39]

Belos são os portos milésios, nos quais também os siracusanos ancoram com frequência. E assim você não deixará sem glória a coragem dele aos olhos de seus concidadãos.

O que ele disse agradou Calírroe e lhe reteve a pressa. Mas depois que chegou à cidade, começou a construir na orla a sepultura, em tudo semelhante à sua própria em Siracusa: na forma, nas dimensões, na suntuosidade. E tanto essa quanto aquela pertenciam a quem estava vivo. Uma vez que a obra foi concluída rapidamente, graças a um orçamento pródigo e à mão de obra abundante, reproduziu, então, seu próprio cortejo fúnebre. Fez-se anunciar o dia fixado e àquela cerimônia compareceram não só a população de Mileto, mas também de quase toda a Jônia.

Estiveram presentes também dois sátrapas, que, naquela oportunidade, estavam ali de visita: Mitrídates, da Cária, e Farnace, da Lídia (incluindo a Jônia). O pretexto era prestar homenagem a Dionísio, mas, de verdade, vieram ver Calírroe. De fato, era grande a glória da mulher em toda a Ásia, e o nome de Calírroe já alcançara até o Grande Rei, como nem o de Ariadne nem o de Leda. Então, ela revelou-se maior do que a fama, pois veio a público trajando negro, com os cabelos soltos, com o

---

39. Citação da *Odisseia*, XXIV 83.

rosto iluminado. Além disso, trazendo nus os braços e as canelas, evocava as deusas de braços brancos e belos tornozelos de Homero.[40] Ninguém suportou o brilho de sua beleza: uns desviavam-se, como de um raio de sol que incide frontalmente, e outros ajoelhavam-se — até mesmo as crianças foram afetadas. Mitrídates, o governante da Cária, ficou boquiaberto, como quem tomasse uma estilingada inesperadamente, e com dificuldade seus criados levaram-no carregado.

Ia em cortejo a estátua de Quéreas, esculpida a partir do sinete no anel. Apesar da imagem ser belíssima, ninguém olhava para ela, uma vez que Calírroe estava presente e ela, sozinha, conduzia o olhar de toda a gente. Como alguém poderia narrar com mérito o desfecho do cortejo? Quando estavam perto da sepultura, os que transportavam o leito depuseram-no; debruçando-se sobre ele, Calírroe libou a Quéreas e beijou a imagem:

— Primeiro você me sepultou em Siracusa; e eu, por minha vez, sepulto-o em Mileto. Tanto grande quanto extraordinário é o nosso infortúnio: sepultamos um ao outro! E nenhum de nós está de fato em posse do corpo. Fortuna adversa, até na morte invejou-nos restringindo-nos a terra comum e exilando nossos corpos!

A multidão irrompeu o lamento e todos se compadeceram de Quéreas, não porque estivesse morto, mas por ter sido privado de uma mulher assim.

[2]

Enquanto Calírroe sepultava Quéreas em Mileto, ele, feito prisioneiro, cumpria trabalhos forçados na Cária. De tanto arar,

---

40. O epíteto "braços brancos" designa a deusa Hera, na *Ilíada*. Ele também é empregado para Ino Leucoteia e Hebe na *Odisseia*, v 533 e xi 603.

seu corpo logo se exauriu. Pesavam-lhe, pois, muitas coisas: a fadiga, a falta de cuidados, as correntes e, mais que tudo, a paixão. Embora quisesse se matar, impedia-o uma leve esperança de um dia talvez voltar a ver Calírroe. Policarmo, seu amigo dentre os cativos, ao ver que Quéreas não conseguia lavrar, mas recebia golpes e era insultado brutalmente, disse ao intendente:

— Reserve-nos um terreno definido, para que não ponha na nossa conta a indolência dos outros prisioneiros. Entregaremos a cada dia a medida estabelecida.

Ele concordou e concedeu. Policarmo, porque era um jovem cheio de energia e não estava escravizado por Eros, um tirano cruel, lavrava quase que sozinho as duas partes, assumindo com prazer volume maior de trabalho para salvar a vida de seu amigo.

Estavam nessa situação, pois *tarde desaprendiam a liberdade*, quando Mitrídates, o sátrapa, voltou para Cária. Não era mais o mesmo que fora para Mileto: estava pálido e magro, como se tivesse uma ferida na alma, quente e penetrante. Consumia-se de amor por Calírroe e certamente teria morrido, se não tivesse encontrado um consolo. Ei-lo.

Alguns dos trabalhadores que estavam acorrentados com Quéreas (eram dezesseis no total, trancados em um cômodo insalubre) romperam as correntes durante a noite e degolaram o supervisor. Em seguida, empreenderam a fuga. Mas não escaparam, já que o latido dos cães os denunciou. Flagrados, naquela noite foram presos ao tronco com todo cuidado. No dia seguinte, quando o administrador chegou, revelou ao patrão o acontecido e ele, sem vê-los, ou escutar sua defesa, logo ordenou que os dezesseis companheiros de alojamento fossem crucificados. Então, foram trazidos acorrentados pelos pés e pelos pescoços, e cada um levava a sua cruz. À punição necessária, os algozes acrescentaram esse espetáculo soturno como um exemplo aterrorizante para seus semelhantes.

Quéreas deixava-se levar em silêncio, mas Policarmo carregava a cruz e dizia:

— É por você, Calírroe, que passamos por isso. Você é a causa de nossos males!

O administrador ouviu essas palavras e achou que uma mulher era conivente com os insolentes. Cuidando que ela fosse punida e houvesse uma investigação do complô, rompeu de imediato as correntes que uniam Policarmo aos demais e conduziu-o até Mitrídates.

Ele estava deitado sozinho em um jardim, atormentado, e imaginava Calírroe tal qual a vira em seu luto. Todo imerso naquele pensamento, foi com desprazer que viu o criado. Disse-lhe:

— Por que vem me aborrecer?

Ele respondeu:

— Foi preciso, patrão. Acabo de descobrir a fonte do ato temerário, e esse homem maldito aqui presente conhece uma mulher desprezível que participou do assassinato.

Depois de ouvi-lo, Mitrídates franziu as sobrancelhas e, com um olhar terrível, disse:

— Fale da mulher que foi conivente e cúmplice de vocês no crime.

Mas Policarmo negava saber e até mesmo ter participado do crime. Pediram açoites, trouxeram fogo, e os instrumentos de tortura já estavam dispostos. Nesse momento, quando o atavam, alguém disse:

— Fale o nome da mulher, da que você admitiu ser a causa de seus males!

— Calírroe! — disse Policarmo.

A essa menção, perturbou-se Mitrídates e pareceu-lhe uma coincidência infeliz que as mulheres tivessem o mesmo nome. Não queria mais questioná-lo com o mesmo ardor de medo a ser forçado a ultrajar um nome que lhe era doce. E quando seus amigos e criados pediram-lhe uma investigação mais acurada, disse:

— Tragam Calírroe aqui!

Na sequência, bateram em Policarmo enquanto perguntavam quem ela era e de onde a trariam. O pobre coitado, que não via escapatória e não queria acusar ninguém em falso, disse:

— Por que vocês se dão ao trabalho à toa buscando quem está ausente? Eu me recordei da Calírroe de Siracusa, filha do general Hermócrates.

Ao ouvir isso, Mitrídates ficou todo vermelho e empapado de suor. Embora não quisesse, uma lágrima escapou-lhe, de modo que Policarmo calou-se e todos os presentes ficaram sem saber o que fazer. Depois de certo tempo e com dificuldade disse ao conseguir se recompor:

— Qual a sua relação com aquela Calírroe? E por que você se recordou dela à beira da morte?

Ele respondeu:

— É uma longa história, senhor, e que não me traz nenhuma vantagem. Não vou aborrecê-lo com uma conversa inoportuna. Também temo que, se me demorar, meu amigo passe à minha frente, e eu quero morrer com ele.

A raiva dos que lhe escutavam cedeu e o coração inclinou-se à piedade. Mitrídates, acima de todos, estava comovido e disse:

— Não tenha medo, você não vai me aborrecer com sua história — minha alma é generosa. Coragem, conte tudo e nada deixe de lado! Quem é você e de onde vem? Como chegou a Cária e por que cumpre trabalhos forçados na lavoura? Conte-me principalmente a respeito de Calírroe e quem é o seu amigo.

[3]

Então Policarmo deu início à história:

— Nós, os dois prisioneiros, somos siracusanos de nascimento. Enquanto o outro rapaz foi um dia o primeiro na Sicília, tanto em reputação quanto em riqueza e beleza, eu sou um qualquer, embora ainda seu companheiro de viagem e amigo. Tendo abandonado nossos pais, zarpamos da terra natal: eu, por causa dele; ele, por causa da esposa, de nome Calírroe, que, por julgar estar morta, sepultara suntuosamente. Ladrões de sepultura, descobrindo que estava viva, venderam-na na Jônia. Isso nos contou Teron, o pirata, quando submetido a torturas públicas. Então a cidade de Siracusa enviou uma trirreme e embaixadores encarregados de investigar o paradeiro da mulher. Essa trirreme foi incendiada por persas à noite, quando estava ancorada e, enquanto muitos foram mortos, eu e meu amigo fomos feitos prisioneiros e vendidos aqui. Nós aguentamos o infortúnio com resignação, mas alguns dos nossos colegas de prisão, cuja identidade ignoramos, após romperem as correntes, cometeram o crime e, por ordem sua, todos fomos conduzidos à cruz. O meu amigo, nem mesmo à beira da morte, invocou a mulher, mas eu, ao ser conduzido, lembrei-me dela e disse que era a causa dos nossos males, por quem navegamos.

Ele ainda estava falando, quando Mitrídates gritou:

— Você está falando de Quéreas?

Policarmo disse:

— O meu amigo. Mas peço-lhe, senhor: ordene ao algoz que não separe nossas cruzes!

Lágrimas e gemidos seguiram-se à narrativa, e Mitrídates enviou todos em busca de Quéreas, para que não findasse antes. Encontraram os outros já pendurados e, logo depois, Quéreas, no momento em que subia à cruz. De longe, cada qual gritou uma coisa: "poupe-o", "baixe-o", "não o fira", "solte-o"! O algoz conteve o ímpeto. Quéreas, em meio à aflição, desceu da cruz, pois estava contente por libertar-se de uma vida ruim e de uma paixão infeliz.

Quando ele foi conduzido, Mitrídates foi a seu encontro e, abraçando-o, disse:

— Meu irmão e amigo, por pouco você não me pôs numa cilada, me fez cometer um sacrilégio por causa de seu silêncio obstinado, mas inoportuno!

Imediatamente ordenou aos criados que os levassem até os banhos e tratassem de seus corpos, e que, após banhados, fossem envoltos em caros mantos gregos. Convidou pessoalmente seus conhecidos para um banquete e ofereceu sacrifícios pela salvação de Quéreas. Havia muita bebida, convívio agradável e não faltava a alegre cordialidade. Quando a refeição estava avançada, Mitrídates, inflamado pelo vinho e pela paixão, disse:

— Eu me compadeço de você, Quéreas, não pelas correntes e pela cruz, mas por ter sido privado de uma mulher como aquela!

Atordoado, Quéreas gritou:

— Onde você viu Calírroe, a minha Calírroe?

— Não mais sua — disse Mitrídates —, uma vez que foi desposada legalmente por Dionísio de Mileto. Eles já têm até mesmo um filho.

Quéreas não suportou escutar, caiu aos pés de Mitrídates e pediu:

— Suplico, senhor, devolva-me à cruz! É a pior tortura para mim ser forçado a viver à luz dessa história! Infiel Calírroe! Maldita entre todas as mulheres! Enquanto eu, por sua causa, fui vendido, lavrei a terra, carreguei a cruz e fui entregue às mãos do algoz, você vivia no luxo e celebrava bodas — isso enquanto eu estava preso! Não lhe bastou tornar-se mulher de outro, enquanto Quéreas ainda vivia, mas você também se tornou mãe!

Todos começaram a chorar e o banquete desandou para uma fábula triste. Somente Mitrídates se alegrava com isso, agarrando a esperança dos que amam, pois poderia já falar e agir a respeito de Calírroe, para, em aparência, ajudar um amigo. Ele disse:

— Já é noite, partamos! Amanhã, sóbrios, discutiremos isso. O exame requer muito tempo livre.

Depois disso, levantou-se e pôs fim ao banquete. Ele mesmo foi deitar-se, como era seu costume, e aos rapazes siracusanos indicou criadagem e um aposento determinado.

[4]

Aquela noite pegou todos em meio a preocupações e ninguém conseguia dormir. Enquanto Quéreas alimentava a raiva, Policarmo o consolava e Mitrídates comprazia-se com a esperança de que ele, como o reserva de Quéreas e Dionísio nos jogos por Calírroe, ficaria com o prêmio sem precisar lutar.

No dia seguinte, quando se retomou o assunto, Quéreas julgou melhor ir de imediato a Mileto e reclamar sua mulher a Dionísio, pois Calírroe não ficaria lá, se o visse. Mitrídates disse:

— No que depende de mim, parta! Não quero separá-lo um único dia de sua mulher. Tomara não tivessem deixado a Sicília, nem algo tão terrível tivesse acometido aos dois! Mas já que a Fortuna adora novidades e armou-lhes um drama triste, é preciso considerar sua sequência com a maior sensatez. Agora a sua pressa se deve mais à emoção do que à razão, sem que você anteveja nada. Você, sozinho e forasteiro, chega a uma cidade grande e quer arrebatar a esposa de um homem rico, o mais proeminente da Jônia, sendo que ela está notoriamente comprometida com ele? Com que poder conta para convencê-lo? Seus únicos aliados são Hermócrates e Mitrídates, e esses, à distância, podem lamentá-lo mais do que ajudá-lo. Também temo que o lugar seja adverso. Ali você já sofreu horrivelmente, mas esse sofrimento ainda vai parecer ouro um dia. Então, Mileto foi generosa! Você foi aprisionado, mas sobreviveu; foi vendido, mas para mim. E agora, quando Dionísio tiver consciência que você trama contra seu casamento, qual dentre os deuses poderá salvá-lo? Você será entregue a um tirano que é seu rival no amor. Talvez nem acredite que você é Quéreas mesmo e, se considerar que é verdade, correrá ainda mais riscos. Só você ignora a natureza de Eros, que esse deus se compraz com enganos e ardis? Acho melhor você primeiro testar a sua mulher por meio de uma carta, se ela se recorda de você e quer abandonar Dionísio ou

quer favorecer a casa daquele que a tiver desposado.[41]

Escreva uma carta para ela! Que ela fique aflita, em êxtase, que o busque e o chame! Eu cuidarei de despachar a carta. Vá e escreva!

Quéreas se deixou persuadir e estando sozinho, num lugar isolado, quis escrever, mas não conseguia, pois as lágrimas afluíam e as mãos tremiam. Depois de chorar por seus próprios infortúnios, foi com dificuldade que começou a seguinte carta:

Para Calírroe de Quéreas. Estou vivo graças a Mitrídates, o meu benfeitor e, espero, também o seu. Fui vendido na Cária por persas que incendiaram a bela trirreme de guerra, a de seu pai — a cidade a enviou com uma embaixada por sua causa. Quanto aos outros companheiros, não sei o que lhes aconteceu, mas salvou-me e ao amigo Policarmo a piedade do senhor, quando estávamos prestes a ser executados. Mitrídates deu mostras de uma total benevolência, mas me causou uma aflição maior que tudo: ter me contado de seu casamento. A morte, já que sou humano, aguardava-a, mas o seu casamento não o esperava. No entanto, suplico,

---

41. Citação da *Odisseia*, XV 21.

mude de ideia! Faço libações de lágrimas e beijos nessas minhas letras! Sou eu, Quéreas, o seu Quéreas, aquele que você, ainda donzela, avistou quando ia ao templo de Afrodite, aquele por quem você passou noites sem dormir. Recorde-se do quarto nupcial e da noite mística, na qual tivemos nossa primeira experiência: você com um homem e eu com uma mulher. É certo que fui ciumento, sentimento típico do que ama. Já fui castigado por você: vendido, escravizado, aprisionado. Não guarde ressentimento pelo chute impetuoso. Também subi à cruz por sua causa, sem invocá-la. Se você ainda se lembra, então meu sofrimento não foi nada; mas, se tem outras preocupações, me dará a sentença de morte.

[5]

Ele entregou essa carta a Mitrídates, e este, por sua vez, a Higino, servo da maior confiança, que tinha por administrador de toda a propriedade na Cária, não sem antes desnudar a própria paixão. Escreveu pessoalmente a Calírroe, revelando boa disposição e solicitude para com ela, explicando ter salvo Quéreas por sua causa e aconselhando-a a não ofender o primeiro marido, comprometendo-se a lutar pessoalmente para que recuperassem um ao outro, se seu voto fosse favorável. Enviou com Higino três ajudantes, além de presentes valiosos e ouro em abundância. Para parecer insuspeito, disse aos outros servos que os enviava a Dionísio. Ordenou a Higino que quando chegasse a Priene, deixasse por lá os outros e, como se fosse jônio (já que também falava grego), somente ele seguisse viagem para Mileto para sondar o terreno. E então, quando soubesse como se desincumbiria do assunto, faria vir os demais de Priene até Mileto.

Ele partiu e fez o que lhe foi ordenado,[42] mas a Fortuna não tinha em vista um desfecho semelhante para o plano e deu início a fatos de maior proporção. Quando Higino despediu-se para ir a Mileto, os escravos que lá foram deixados sem seu chefe usaram dos recursos com prodigalidade, estando em posse de uma quantidade de ouro ilimitada. Numa cidade pequena e repleta de curiosidade helênica, a extravagância de forasteiros saltou aos olhos de todos. Os homens desconhecidos e licenciosos pareceram, a uns, piratas, a outros, com toda a certeza, escravos fujões. Chegou então à estalagem o chefe de polícia e, ao investigar, encontrou o ouro e os adornos valiosos. Tomou-os por produto de roubo e perguntou aos servos quem eram e qual a procedência daquilo. Com medo da tortura, contaram a verdade, que Mitrídates, o governador da Cária, tinha enviado presentes a Dionísio. Também mostraram as cartas. O chefe de polícia não abriu a correspondência, já que estava selada pelo lado de fora, mas entregou tudo, inclusive os escravos, aos servidores públicos e enviou-os a Dionísio, julgando que estaria lhe prestando um favor.

Então ele estava recepcionando os mais ilustres dentre os cidadãos e o banquete era esplêndido, já era o momento em que a flauta soava e se escutava a melodia das canções. Nesse meio tempo alguém lhe entregou essa mensagem:

> Bias, chefe de polícia em Priene, saúda seu benfeitor Dionísio. Aos presentes e cartas enviados a você da parte de Mitrídates, governador da Cária, escravos desonestos, que aprisionei e enviei a você, deram mau uso.[43]

---

42. Citação de Xenofonte, *Ciropédia*, 4.1.3.
43. Bias de Priene contava entre os sete sábios da Grécia. A homonímia com o chefe de polícia soa irônica.

Essa mensagem Dionísio leu durante o banquete, orgulhando-se dos presentes dignos de um rei. Ele mandou romper os lacres e passou à leitura das cartas. Bateu os olhos no seguinte: "Para Calírroe de Quéreas. Estou vivo."

Afrouxaram-se lhe os joelhos e também o caro coração,

e então a escuridão cobriu seus olhos. É certo que desfaleceu, contudo segurou firme as cartas, de medo que outro as lesse. Em meio ao tumulto e correria despertou e, ciente da emoção que o acometia, ordenou aos escravos que o transportassem para um outro aposento, como se quisesse de fato se recuperar a tranquilidade. O banquete dissolveu-se soturnamente (a imagem da sua paralisia tomou a todos); Dionísio, estando só, lia as cartas muitas e muitas vezes. Apossaram-se dele vários sentimentos: ânimo, desânimo, medo, incredulidade. Não acreditava que Quéreas estava vivo (e nem queria que isso fosse verdade), mas suspeitava que fosse um pretexto de Mitrídates com vistas ao adultério, que ele queria seduzir Calírroe com falsas esperanças sobre Quéreas.

[6]

No dia seguinte impôs a mais estrita vigilância sobre a esposa, para que ninguém se aproximasse dela, nem lhe contasse nada dos relatos que corriam na Cária. Ele próprio decidiu adotar a seguinte defesa. Oportunamente estava na cidade o governador da Lídia e da Jônia, Farnaces, que era tido como o mais importante dentre os enviados do Grande Rei aos territórios litorâneos. Dionísio foi até ele (com efeito, era seu amigo) e solicitou uma conversa em particular. Quando estavam sozinhos, disse:

— Suplico-lhe, meu senhor, venha em meu e em seu socorro. Mitrídates, o pior dos homens, um invejoso de seu poder, apesar de ter sido meu hóspede, tramou contra o meu casamento e enviou cartas sedutoras, além de ouro, para a minha mulher.

Depois disso, leu em voz alta as mensagens e explicou o plano. Farnaces escutou suas palavras com satisfação, provavelmente por causa de Mitrídates (de fato, havia entre eles não poucas rusgas por causa da proximidade de seus territórios), mas principalmente por questões amorosas. Também ele ardia por Calírroe e por sua causa prolongava suas estadias em Mileto e convidava Dionísio, em companhia de sua esposa, para suas recepções. Prometeu, assim, socorrê-lo do modo que lhe fosse possível e escreveu uma mensagem em vista do ato abominável:

> Ao rei dos reis Artaxerxes, Farnaces, o sátrapa da Lídia e da Jônia, saúda o seu senhor! Dionísio de Mileto é seu escravo, assim como seus ancestrais, fiel e comprometido com a sua casa. Ele queixou-se a mim que Mitrídates, o governador da Cária, sendo seu hóspede, tentou seduzir-lhe a esposa. Tal fato traz muito prejuízo aos seus interesses e, mais ainda, perturbação. Toda transgressão da lei da parte de um sátrapa é censurável, sobretudo essa. Dionísio é, pois, o mais poderoso dentre os jônios, e a beleza de sua esposa é notória, de modo que essa ofensa não pode passar despercebida.

Quando a carta foi recebida, o rei a leu para seus amigos e debateu sobre que atitude tomar. As opiniões divergiam. Uns, que invejavam Mitrídates ou cobiçavam a sua satrapia, achavam melhor não desdenhar o ardil contra o casamento de um homem ilustre; outros, naturalmente mais indiferentes ou que tinham Mitrídates em consideração (e ele tinha muitos defensores), não gostavam da ideia de prejudicar um homem estimado com base em calúnias. Como as opiniões estavam rigorosamente divididas, o rei não tomou partido aquele dia e adiou a decisão. Quando veio a noite, contudo, o repúdio à má conduta infiltrou-se nele, em vista da dignidade da realeza, e também o temor por aquilo que estava por vir, pois Mitrídates poderia começar a desprezar sua autoridade. Empenhou-se então em intimá-lo ao tribunal, mas outro sentimento recomendava que fizesse vir também a bela mulher. Na solidão, a noite e a escuridão eram seus conselheiros e fizeram o rei recordar aquela parte da carta; também o incitava o rumor de que uma tal Calírroe era a mais bela mulher na Jônia — e era apenas nisso que o rei recriminava Farnaces, por não ter mencionado na carta o nome da esposa. Do mesmo modo, na incerteza de que houvesse outra, superior à decantada, achou melhor intimar também a mulher. Escreveu a Farnaces: "Envie-me Dionísio, meu escravo milésio, e, com ele, envie junto sua mulher". E a Mitrídates: "Venha para defender-se de ter tramado contra o casamento de Dionísio".

[7]

Estando Mitrídates surpreso e perplexo sobre a origem da calúnia, Higino retornou e revelou-lhe o acontecido envolvendo os escravos. Traído pelas cartas, estava decidido a não ir até lá, com medo das calúnias e do rancor do rei, mas pensava tomar Mileto e aniquilar Dionísio, o responsável, e, apossando-se de Calírroe, rebelar-se contra o rei.

— Para que a pressa — disse — de entregar sua liberdade às mãos de um senhor? Talvez alcance a vitória, se permanecer aqui. De fato, longe está o rei e seus generais são incompetentes... E se eles o reprimirem de outra forma, você não estará sujeito a nada mais grave. Nesse caso, não traia o que há de mais belo: o amor e o poder. *A autoridade é uma mortalha admirável* e a morte é doce na companhia de Calírroe![44]

---

44. Citação de Isócrates, 6.45.

Enquanto ele ainda deliberava e fazia preparativos para a rebelião, chegou um mensageiro com a notícia de que Dionísio havia deixado Mileto e levara Calírroe junto. Ouvir isso causou mais dor a Mitrídates do que a ordem para comparecer ao tribunal. Lamentando a condição em que se encontrava, disse:

— Com que esperanças ainda me deixo ficar? De todos os lados a Fortuna me trai! Talvez o rei vá se apiedar de mim, que não cometi crime algum... E, se for preciso morrer, ao menos verei novamente Calírroe! E, se for a julgamento, terei ao meu lado Quéreas e Policarmo, não somente como advogados, mas também como testemunhas de defesa.

Tendo ordenado que toda a criadagem o acompanhasse, deixou a Cária. Tinha bom ânimo por julgar não ter cometido crime algum, de modo que não se despediram dele com lágrimas, mas com sacrifícios e cortejos.

Uma expedição desse porte Eros despachou partindo da Cária; e outra, ainda mais admirável, da Jônia — com efeito, mais notável e majestosa era a sua beleza. O Rumor corria à frente da mulher e anunciava a todos os homens que Calírroe estava presente, célebre era seu nome, a grande perfeição da natureza,

a Ártemis assemelhada ou a dourada Afrodite.[45]

A notícia do processo tornava-a ainda mais admirável. Cidades inteiras vieram a seu encontro, e os que acorriam congestionavam as estradas para o espetáculo de sua visão. Todos julgavam que a mulher superava a sua fama. Ao receber os cumprimentos, Dionísio afligia-se e a magnitude de seu sucesso tornava-o ainda mais miserável. Afinal, por ser um homem educado, ponderava que Eros é dado a novidades e, por isso

---

45. Citação da *Odisseia*, XVII 37 e XIX 54.

mesmo, poetas e escultores deram-lhe como atributo o arco e o fogo, o que há de mais leve e instável. Tomava-o a lembrança de relatos antigos, quantas mudanças tinham se produzido relativas às belas mulheres. Tudo isso amedrontava Dionísio, afinal olhava para todos como rivais: não somente para o antagonista ele mesmo, mas também para o juiz, de modo a arrepender-se de precipitadamente ter contado tudo a Farnaces,

quando podia estar dormindo junto de sua amada.[46]

Não era a mesma coisa vigiar Calírroe em Mileto ou em toda a extensão da Ásia. De todo modo, guardava segredo até o fim e não concordava em dizer a causa (da viagem) à mulher — o pretexto era que o rei o mandara chamar por querer discutir assuntos relativos à Jônia. Calírroe afligia-se por ser enviada para longe do mar da Grécia. Enquanto avistava os portos de Mileto, achava estar perto de Siracusa. Era um grande consolo também que o túmulo de Quéreas estivesse lá.

LIVRO

V

[1]

Como Calírroe casou-se com Quéreas, a mais bela das mulheres com o mais belo dos homens, após Afrodite ter deter-

---

46. Citação de Menandro, prólogo de *Misoumenos* (frag. A9 Sandbach).

minado o casamento; e como, após Quéreas ter-lhe desferido um golpe por zelos de amor, ela aparentou estar morta, tendo sido sepultada com suntuosidade e, em seguida, recuperando os sentidos no túmulo, ladrões de sepultura a levaram da Sicília em plena noite e, navegando para a Jônia, venderam-na a Dionísio; e do amor de Dionísio, da fidelidade de Calírroe a Quéreas, e da necessidade de casar-se por causa da gravidez e, ainda, da confissão de Teron e da viagem de Quéreas em busca da mulher, de sua captura e venda para Cária, junto com seu amigo Policarmo; e de como Mitrídates reconheceu Quéreas quando este estava à beira da morte, e como se empenhou em devolver os amantes um ao outro, e como Dionísio, após flagrar seu plano por meio de cartas, denunciou-o a Farnaces, e este, ao rei, e o rei, então, intimou a ambos a comparecer diante do tribunal; isso tudo se esclareceu no relato pregresso. Vou narrar agora o que se passou na sequência.

Calírroe suportou bem a viagem até a Síria e a Cilícia, pois ainda escutava a língua grega e mirava o mar que conduz até Siracusa, mas quando chegou ao rio Eufrates, depois do qual se abre imenso o continente, ponto de entrada para o grande território do rei, nesse momento a saudade da terra natal e da família já se instalava nela, bem como o desespero de fazer o caminho de volta um dia. Parada à beira do rio, ordenou que todos se afastassem, exceto Plangona, sua única confidente, e começou a falar assim:

— Adversa Fortuna, por insistir na guerra contra uma única mulher! Você me trancou viva na sepultura e de lá me tirou, não por piedade, mas para me entregar a piratas. O mar e Teron associaram-se em meu exílio; eu, a filha de Hermócrates, fui vendida e, mais duro para mim que a falta da família, fiz-me amada, para que, com Quéreas vivo, por outro fosse desposada. E você já me inveja também nisso, já que não mais me bane para a Jônia! Embora estrangeira, você me dera uma terra grega, onde eu tinha um grande consolo, porque estava junto ao mar; mas agora me lança fora do ar costumeiro e traço o limite da terra natal com todo o universo. Dessa vez você me separou de Mileto, como antes, de Siracusa. Sou levada Eufrates acima e internada em sertões bárbaros, eu, a ilhéu, onde o mar nem mais está! Que navio, que venha desde a Sicília, devo agora esperar? Estou separada também da sua sepultura, Quéreas! Quem lhe levará libações, alma querida? Bactra e Susa serão daqui para frente minha casa e minha sepultura. Por uma única vez, Eufrates, vou transpô-lo. Temo não tanto a extensão da viagem como parecer bela a alguém lá.

Ao mesmo tempo em que dizia essas coisas, beijou a terra; em seguida subiu no barco e fez a travessia. Despesa à larga fazia Dionísio, pois exibia para a mulher uma riquíssima equipagem. A gentileza dos moradores locais preparou-lhes uma jornada digna de rei. Os habitantes de uma cidade encaminhavam-nos aos de outra, cada sátrapa recomendava-os a outro, a beleza dela tornava-a popular junto a todos. E uma outra esperança atiçava os bárbaros, que a mulher fosse capaz de algo grandioso, e por isso cada um esforçou-se para dar-lhe dons de hospitalidade ou ao menos conquistar seu favor e reservá-lo para o futuro.

[2]

Enquanto eles estavam nessa situação, Mitrídates fazia uma marcha forçada através da Armênia. Seu medo era de parecer culpado ao rei por vir no encalço da mulher, mas, ao mesmo tempo, empenhava-se para ser o primeiro a chegar e preparar-se para o julgamento. Ao chegar à Babilônia (pois era lá que o rei estava), descansou aquele dia em sua casa — de fato todos os sátrapas tinham residências designadas. No dia seguinte, bateu à porta do rei, saudou os nobres Pares Persas e a Artaxates, o eunuco mais influente junto ao rei, o mais poderoso, honrou primeiro com presentes, depois lhe disse:

— Anuncia ao rei o seguinte: "Mitrídates, seu escravo, apresenta-se com o desejo de defender-se da calúnia do grego e prostrar-se aos seus pés".

Não muito tempo depois de ter saído, o eunuco veio com a resposta:

— É desejo do rei que Mitrídates não tenha cometido falta alguma. Ele dará início ao julgamento quando Dionísio também se fizer presente.

Após prosternar-se, Mitrídates afastou-se. Quando estava sozinho, chamou Quéreas e disse a ele:

— Sou um réu em juízo e, por querer devolver Calírroe a você, sou intimado. A sua carta, aquela que escreveu para a sua mulher, Dionísio afirma que eu a escrevi e sustenta que constitui prova de adultério. Ele está convencido que você está morto. Que mantenha a convicção até o julgamento, a fim de que você se mostre de improviso! Pelos meus favores, peço-lhe em troca o seguinte: mantenha-se escondido e abstenha-se de ver Calírroe ou de perguntar sobre ela.

Embora contrariado, Quéreas obedeceu e tentou não demonstrar, *mas lágrimas corriam por suas faces.*[47]

— Farei o que ordena, mestre!

Disse e retirou-se para o quarto, em que se alojara com o amigo Policarmo. Atirando-se ao chão e rasgando a roupa, com ambas as mãos tomando

da terra escura,
verteu-a pela cabeça, enfeando o rosto delicado.[48]

---

47.   Citação de Xenofonte, *Ciropédia*, 6 4.3, também presente em Q&C, II.5.
48.   Citação da *Ilíada*, XVIII 23-24. Cf. também Q&C, I.4, ali com um verso a mais, aqui parafraseado.

E em meio ao choro, disse em seguida:

— Estamos tão perto e não nos avistemos, Calírroe! Você não tem culpa de nada, já que não sabe que Quéreas vive. O mais amaldiçoado de todos sou eu, que tenho ordens de não olhar para você! E, covarde e apegado à vida a tal ponto, subordino-me. Se alguém tivesse ordenado a você algo assim, não estaria mais viva.

Enquanto Policarmo consolava-o, Dionísio já se aproximava da Babilônia e o Rumor tomava conta da cidade, anunciando a todos a presença de uma beldade, com um quê antes divino que humano, tal que o sol não lhe via par sobre a terra. Tão devotada às mulheres é a natureza dos bárbaros, que toda casa e toda viela transbordavam com sua reputação. Sua fama chegou até o próprio rei, de modo que até ele perguntou a Artaxates, o eunuco, se a milésia havia chegado. Há tempos a notoriedade de sua esposa afligia Dionísio, que já não se sentia seguro. Uma vez que estava por entrar na Babilônia, ainda mais se consumia e, entre gemidos, disse para si mesmo:

— Isso aqui não é mais Mileto, Dionísio, a sua cidade. E, uma vez aqui, guarde-se dos conspiradores! Audacioso e imprevidente quanto ao que está por vir! Trazer Calírroe à Babilônia, onde há tantos Mitrídates?! Menelau, na recatada Esparta, não zelou por Helena, e foi passado para trás por um pastor bárbaro — ele, um rei! Há muitos Páris entre os persas! Não está vendo os perigos, seus exórdios? Cidades vêm ao nosso encontro, sátrapas põem-se a nosso serviço... Ela é a mais imponente, e o rei ainda nem pôs os olhos nela. Resta, no entanto, uma única esperança de salvação: esconder a mulher! Ela estará protegida, se for capaz de passar sem ser notada.

Raciocinando assim, montou no cavalo, mas deixou Calírroe na carruagem e fechou a cobertura. Talvez tudo tivesse corrido como ele desejara, se não tivesse acontecido o seguinte...

[3]

As mulheres dos dignitários persas foram até Estatira, a esposa do rei, e uma delas disse:

— Soberana, uma fulaninha grega arma a guerra contra nós em nossa casa, ela, cuja beleza todos há muito admiravam. Há risco de que a reputação das mulheres persas seja comprometida. Vamos, pensemos em como não sermos ultrapassadas pela estrangeira.

A rainha, que não dava crédito ao rumor, riu e falou:

— Os gregos são uns fanfarrões esmolambados e, por isso, admiram-se muito com coisas insignificantes. Assim, alardeiam que Calírroe é bela, como também que Dionísio é rico. Que apenas uma de nós surja ao seu lado, quando ela chegar, para arrasar com a escrava pobretona!

Todas prosternaram-se diante da rainha, admiraram sua opinião e proclamaram em voz única:

— Oxalá, soberana, pudesse ser você a ser vista![49]

Em seguida, as opiniões se dividiram e passaram a elencar as que eram mais admiradas por sua beleza. Ergueram as mãos para votar, como na assembleia, e Rodogune, a filha de Zópiro e esposa de Megabizos, foi a escolhida — era uma mulher reconhecidamente bela. Tal Calírroe estava para a Jônia, Rodogune estava para a Ásia. As mulheres tomaram-na e cuidaram da sua toalete, cada uma delas contribuindo para o seu adorno — a rainha cedeu um bracelete e um colar.

Depois de prepararem-na minuciosamente para a competição, era dever apresentar-se diante de Calírroe. Ela tinha,

---

49. As mulheres persas não devem ser vistas em público, sobretudo a rainha. Veja-se o relato de Heródoto (*Histórias*, 1.7) sobre Giges e Candaules, em que a beleza da rainha só pode ser contemplada pelo marido, sob pena de morte para o espião.

de fato, um pretexto de ordem familiar, já que era irmã de Farnaces, aquele que escrevera ao rei a respeito de Dionísio. Toda a Babilônia acorreu para o espetáculo e uma multidão se apinhava nas portas. No lugar mais visível, com a escolta de uma rainha, Rodogune esperava. De pé, ela estava atraente e consciente de sua figura, como se lançasse um desafio. Todos olhavam para ela e falavam uns para os outros:

— Já vencemos! A persa vai arrasar com a estrangeira. Que lhe faça frente, se puder! E que os gregos aprendam que não passam de fanfarrões!

Nisso, Dionísio chegou e, ao ser informado de que a irmã de Farnaces estava presente, apeou do cavalo e aproximou-se dela com amabilidade. Ela corou levemente e disse:

— Quero saudar minha irmã.

E, ao mesmo tempo, aproximou-se da carruagem. Não era possível que Calírroe continuasse escondida; contrariado e em meio a gemidos, Dionísio pediu por respeito que ela se aproximasse. Todos, de uma só vez, espicharam os olhos e se puseram em alerta: faltou pouco para que caíssem uns sobre os outros, cada um querendo ver mais do que seu vizinho e estar o mais perto possível. O rosto de Calírroe resplandeceu, e a cintilação atingiu a vista de todos os presentes, como se na noite profunda brilhasse súbita uma luz intensa. Os bárbaros, tomados de estupor, ajoelharam-se e ninguém parecia notar que Rodogune estava presente. E até mesmo Rodogune reconheceu a derrota, e sem poder retirar-se, nem querer expor-se ao olhar alheio, foi para debaixo da cobertura com Calírroe, deixando que ela levasse a melhor. A carruagem seguiu adiante com a cobertura fechada, mas os homens que não podiam mais ver Calírroe beijavam o carro.[50]

---

50. Cf. *Ciropédia*, 6 4. 10.

Quando soube que Dionísio havia chegado, o rei encarregou o eunuco Artaxates que lhe transmitisse a seguinte mensagem:

— Ao acusar um homem investido de um grande poder, você não deveria ser moroso. No entanto, vou relevar sua culpa, em vista de viajar em companhia de sua esposa. Eu, agora, tenho que presidir um festival e estou à frente dos sacrifícios; contudo, no trigésimo dia a contar daqui vou ouvir o caso.

Dionísio prostrou-se e saiu.

[4]

A partir dali, começaram os preparativos de ambas as partes para o julgamento, como se para uma grande guerra. Cindiu-se o povo bárbaro! Quantos tinham ligações com os sátrapas, apoiaram Mitrídates, que era originalmente da Báctria, mas que posteriormente se mudara para a Cária. Dionísio contava com a simpatia da gente comum, pois lhes dava a parecer que fora ultrajado por ter tido cobiçada a mulher no atropelo das leis e ainda, como agravante, uma mulher assim! É certo que o mulherio persa também não estava livre de preocupações, mas também ali as inclinações dividiram-se. Parte delas, orgulhosas da própria beleza, invejava Calírroe e queria que ela saísse aviltada do tribunal; mas a maioria, invejando suas vizinhas, rezava para que a estrangeira alcançasse prestígio.

Cada um julgava ter em mãos a vitória. Dionísio estava confiante com as cartas que Mitrídates escrevera para Calírroe em nome de Quéreas (já que jamais imaginara que ele estivesse vivo); Mitrídates, por sua vez, contando exibir Quéreas, estava convencido que não podia ser senão inocente. No entanto, fingia estar amedrontado e consultava advogados, a fim de tornar sua defesa mais brilhante graças ao elemento surpresa. Durante esses trinta dias, homens e mulheres persas não tiveram outro assunto além dessa causa, de modo que, para falar a verdade, toda a Babilônia converteu-se em um tribunal. A data fixada parecia a todos distante, e não somente para eles, mas também para o próprio rei. Trouxeram os Jogos Olímpicos ou as Noites Eleusinas promessa de tamanha emoção?

Quando chegou o dia marcado, o rei tomou assento. Havia um aposento especial no palácio real, distinto por seu tamanho e beleza, que foi designado a servir de tribunal. Lá, bem no centro, ficava o trono do rei e, partindo de cada lado, cadeiras para seus amigos, quantos eram tidos como líderes dos líderes por sua estirpe e virtude. Em volta do trono, em círculo, estavam em pé os comandantes de tropa e de cavalaria, além do mais honrado dos libertos do rei, de modo que alguém diria com razão sobre aquela assembleia que

os deuses deliberavam sentados ao lado de Zeus.[51]

Os litigantes se apresentaram em silêncio e temerosos. Então Mitrídates chegou primeiro, logo cedo, escoltado por amigos e parentes. Estava longe de se mostrar magnífico ou radiante: era como se tivesse culpa e fosse digno de piedade. Seguia-o Dionísio, que, conforme o estilo helênico, trajava uma veste milésia e segurava as cartas nas mãos. Quando foram introduzidos, prostraram-se. Então, o rei ordenou ao escrivão que lesse as cartas, a de Farnaces e a que ele próprio escrevera em resposta, para que os juízes associados soubessem como o assunto fora conduzido. Lida a sua carta, seus admiradores rasgaram grande elogio à sabedoria e ao senso de justiça do rei. Instaurado o silêncio, era chegada a hora de Dionísio, como denunciante, dar início ao discurso, e todos os olhos se voltaram para ele, mas Mitrídates tomou a frente e disse:

51. Citação da *Ilíada*, IV 1.

— Não estou antecipando a defesa, Soberano, já que conheço o rito do tribunal. É preciso, no entanto, que antes dos discursos todos os implicados na ação estejam presentes. Onde afinal está a mulher que é o pivô do julgamento? Seu parecer, posto por escrito por meio dessa carta, foi que ela era presença necessária e, de fato, ela está no país. Que Dionísio não esconda a peça principal e a causa de toda a questão!

A isso, respondeu Dionísio:

— É bem coisa de um sedutor fazer vir diante da multidão a esposa alheia quando seu marido não o quer... Não a citaram, nem ela se fez citar. Se ela tivesse sido seduzida, deveria estar presente como parte acusada. Agora você intentou contra quem estava na ignorância, sem que ela possa ser útil quer como testemunha, quer como defensora. Por que, afinal, sua presença se faz necessária, já que ela não teve parte alguma na ação?

Dionísio argumentou amparado na lei, mas não convenceu ninguém, já que o desejo de todos era o de ver Calírroe. Diante do pudor do rei em requisitar sua presença, seus amigos tinham agora a carta como pretexto: ela fora citada como parte necessária. E um deles disse:

— Como, então, não considerar inusitado o fato de que ela tenha vindo desde a Jônia, esteja na Babilônia, e fique nos bastidores?

Quando se definiu que Calírroe estaria presente, como Dionísio não lhe tinha dito nada sobre isso (ao contrário, ele tinha ocultado todo o tempo a causa da viagem para a Babilônia) e temia que ela fosse conduzida repentinamente ao tribunal sem saber do que se tratava, sendo plausível que ela se irritasse por ter sido enganada, ele pleiteou o adiamento da sessão do júri para o dia seguinte.

[5]

E então, assim se dispersaram. Quando chegou à sua casa, Dionísio, homem sensato e culto, dirigiu à mulher as palavras mais convincentes nessa situação, contando todos os detalhes com clareza e calma. No entanto, não foi sem lágrimas que Calírroe o escutou: à menção do nome de Quéreas chorou muito e indignou-se com o processo.

— Era só o que faltava às minhas desgraças — disse ela —: ir ao tribunal! Morri, fui sepultada, levada por ladrões de túmulos, vendida, escravizada. Veja, Fortuna, também sou julgada! Não basta a você ter me caluniado diante de Quéreas, também me fez suspeita de adultério para Dionísio. Depois, você me conduziu à sepultura com sua calúnia; agora, ao tribunal da corte. Tornei-me personagem de histórias na Ásia e na Europa! Com que olhos vou encarar o juiz? Que palavras devo escutar? Beleza traiçoeira, um dom da natureza apenas com um fim, o de que a terra seja coberta de calúnias contra mim! A filha de Hermócrates vai a julgamento e não tem o pai para defendê-la... Outros, quando ingressam na corte, rezam por boa vontade e favor, mas eu temo agradar o juiz!

Entregando-se a lamentações tais, passou o dia desanimada, e Dionísio mais do que ela. Mas, quando a noite veio, viu-se em sonho em Siracusa, donzela ainda, entrando no recinto consagrado a Afrodite e dali retornando, viu Quéreas e o dia de seu casamento, toda a cidade enfeitada com coroas e ela própria escoltada por seu pai e sua mãe até a casa do noivo. Quando estava prestes a beijar Quéreas, despertou abruptamente e, chamando Plangona (Dionísio levantara-se mais cedo que de hábito a fim de estudar o caso), contou-lhe o sonho. E Plangona disse em resposta:

— Coragem, senhora, e ânimo! Que bela visão você teve! Você estará logo livre de toda preocupação! Como apareceu no sonho, assim também será na vigília. Vá ao tribunal do rei como se se tratasse do templo de Afrodite, recorde-se de quem era, recupere a beleza do dia da boda!

E enquanto falava assim, vestia e adornava Calírroe, que por si só tinha a alma leve, como se adivinhasse o que estava por vir.

Desde cedo havia tumulto nas redondezas do palácio e até do lado de fora as entradas estavam tomadas. Todos acorriam: o pretexto era ouvir os discursos; no fundo, queriam contemplar Calírroe. E ela pareceu superar-se tanto quanto anteriormente superara as demais mulheres. Entrou, então, no tribunal, como o divino poeta disse que Helena estava para os que

ao redor de Príamo, Pântoo e Timetas[52]

reuniam-se: fez-se espanto e silêncio quando ela foi avistada

e todos ansiavam deitar-se ao seu lado, no leito.[53]

E mesmo que coubesse a Mitrídates ser o primeiro a discursar, não teria tido voz. Como em antigas feridas, ele acusou o novo golpe com mais força.

[6]

Dionísio começou assim o seu arrazoado:

— Majestade, agradeço-lhe a consideração a mim dispensada, bem como ao recato desta mulher e, de uma forma

---

52. Citação da *Ilíada*, III 146.
53. Citação da *Odisseia*, I 366 e XVIII 213.

geral, à instituição do casamento. Não menosprezou, de fato, um homem comum que foi vítima das tramoias de uma autoridade política; ao contrário, intimou-a, tanto para julgar a insolência e ofensa contra mim, quanto para impedi-las contra outros. O fato é digno de maior punição também em vista de seu perpetrador. Mitrídates, não sendo inimigo, mas hóspede e amigo, tramou contra mim, e não contra qualquer um de meus bens, mas contra o que é para mim mais precioso que meu corpo e alma: minha esposa. Logo ele que devia, caso um outro agisse mal para conosco, socorrer-nos, se não por mim mesmo, enquanto amigo, por sua causa, seu rei. Você confiou-lhe o poder mais alto, do qual, mostrando-se indigno, envergonhou, ou melhor, traiu aquele que lhe confiou tal poder. As demandas, o poder, os preparativos de Mitrídates, tudo quanto tem valor na disputa, não ignoro que não os terei à altura. No entanto, Majestade, confio no seu senso de justiça e nas leis, pelas quais vela por igual e para todos. De fato, se você pretende deixá-lo livre, seria muito melhor sequer o intimar. Então, todos esperavam que a insolência fosse punida, quando um fosse a julgamento; mas daqui para frente estarão despreocupados, se alguém for julgado por você e não receber punição.

O meu arrazoado é claro e sucinto. Sou o marido de Calírroe, que aqui está, e por meio dela, também pai. Desposei-a não mais donzela, que fora de um primeiro marido, de nome Quéreas, morto há muito tempo e cujo túmulo fica em nossa cidade. Quando Mitrídates esteve em Mileto e viu minha mulher graças ao dever de hospitalidade, depois disso não agiu nem como amigo, nem como homem comedido e decente — qualidades que você deseja que tenham os que governam suas cidades —, mas revelou-se insolente e presunçoso. Ciente da castidade e do amor que a mulher devotava a seu marido, percebeu que seria impossível seduzi-la quer com palavras, quer com riquezas. Descobriu, assim imaginou, um meio de conspiração, o mais eficiente. Fingiu que o primeiro marido dela, Quéreas, estava vivo e, forjando uma carta em nome dele, enviou-a por meio de escravos a Calírroe. Fortuna, sua protetora, Majestade, que o designou como juiz digno, e a providência dos demais deuses trouxeram as cartas a público. De fato, Bias, chefe de polícia em Priene, enviou-me os escravos juntamente com as cartas, e eu, após ter investigado, denunciei-o ao sátrapa da Lídia e da Jônia, Farnaces, e ele, a você.

Acabo de expor o caso, sobre o qual lhe compete julgar. As provas são incontestáveis. De fato, só uma de duas alternativas é possível: ou Quéreas está vivo ou Mitrídates é um adúltero convicto. E nem isso ele pode alegar, que ignorava que Quéreas morrera, pois estava em Mileto quando o sepultamos e pranteamo-lo juntos. Mas, quando Mitrídates quer seduzir a mulher alheia, ressuscita até os mortos! Termino com a leitura da carta, a que este enviou por meio de escravos da Cária até Mileto. Tome-a e leia:[54] "De Quéreas: estou vivo!". Que Mitrídates comprove isso e seja absolvido! Majestade, calcule quão desavergonhado é o adúltero que até mesmo um morto envolve em suas mentiras!

Dionísio disse isso e incitou os assistentes de modo a fazer-se de imediato o veredito. O rei, contrariado, lançou contra Mitrídates um olhar duro e sombrio.

[7]

No entanto, sem se abalar em nada, ele disse:

— Peço-lhe, Majestade, pois que é justo e benévolo, que não me condene antes de escutar ambos os lados e

---

54. Entrega a carta ao funcionário do tribunal, a quem compete a leitura. Dionísio, no entanto, não espera e cita de memória o trecho mais comprometedor.

que o grego, ao reunir maldosamente falsas calúnias contra mim, não mereça mais sua confiança que a verdade. Concedo que a beleza da mulher pesa nas suspeitas contra mim. De fato, a ninguém parece incrível que se queira seduzir Calírroe. Eu levo uma vida honesta e essa foi a primeira acusação a mim dirigida. Se, por acaso, fosse eu licencioso e insolente, o fato de me ter confiado tantas cidades teria feito de mim um homem melhor. Quem é assim tão tolo para escolher destruir um bem tão grande por um único prazer e agir com tal infâmia? E, se eu admitisse ter me portado mal, poderia ter requisitado a anulação do processo, já que Dionísio não alega em nome da mulher que desposou de acordo com a lei, mas da que comprou quando estava à venda. E a lei do adultério não vale para escravos. Que ele primeiro leia a sua carta de alforria e, em seguida, venha falar de casamento! Você ousa chamar esposa a quem Teron, o pirata, entregou-lhe por um talento e que ele roubou da sepultura? "Mas", você alega, "ela era livre quando a comprei". Nesse caso, você é na verdade um mercador de escravos, e não o marido.

No entanto, farei agora a defesa como se fora o marido. Considere a compra, o casamento, o preço, o dote. Que a siracusana passe por milésia hoje. Compreenda, senhor, que não cometi delito algum contra Dionísio, nem na sua condição de marido, nem na de proprietário. Em primeiro lugar, ele alega não um adultério havido, mas um pretenso adultério; e, sem poder comprovar o fato, lê rabiscos desprovidos de valor. E as leis punem os atos. Você introduz uma carta. Eu poderia dizer: "Não a escrevi, não é do meu punho. Quéreas busca Calírroe? Então, julgue-o por adultério!". "Sim", ele alega, "mas Quéreas está morto e você, em nome do falecido, seduz a minha mulher". Intima-me, Dionísio, uma intimação que não é de forma alguma do seu interesse. Dou meu testemunho, como seu amigo e hóspede. Retire a acusação. É do seu interesse. Peça ao rei para anular o processo. Componha uma palinódia, retratando-se: "Mitrídates não cometeu delito algum e foi em vão que eu o censurei". Se insistir, vai se arrepender: os votos lhe serão contrários. Previno-lhe: vai perder Calírroe. O rei descobrirá o adúltero não em mim, mas em você.

Disse isso e calou-se. Todos olharam para Dionísio querendo saber se, posta a escolha, retiraria a acusação ou permaneceria firme. As insinuações enigmáticas de Mitrídates com certeza estavam fora de seu alcance, mas supunham que Dionísio as compreendia. Ele, no entanto, também as ignorava, jamais podendo imaginar que Quéreas estivesse vivo. Disse então:

— Fale o que bem quiser, pois nem vai me enganar com ardis e ameaças desacreditadas,[55] nem Dionísio será pego jamais como um sicofanta a fazer falsas denúncias!

E partindo desse ponto,[56] Mitrídates ergueu a voz e, como sob o efeito de uma inspiração divina, disse:

— Deuses soberanos, celestes e ínferos, socorram um homem virtuoso, que muitas vezes lhes dirigiu preces justas e sacrifícios magníficos! E deem-me a paga por minha piedade, quando sou vítima de falsas denúncias. Cedam-me Quéreas, ainda que para esse julgamento! Mostre-se, ó criatura divina! Sua Calírroe lhe chama. Colocando-se entre nós, eu e Dionísio, diga ao rei qual dos dois é o adúltero.

---

55. Reardon mantém a leitura do manuscrito, *axiopístois* (ἀξιοπίστοις, dignas de crédito), mas o contexto parece indicar o sentido contrário, já que Dionísio está desqualificando as ameaças de Mitrídates. Opto, portanto, pelas leituras de Cobet (*anaxiopístois*, ἀναξιοπίστοις, desacreditadas) ou de Hercher (*ouk axiopístois*, οὐκ ἀξιοπίστοις, que não são dignas de crédito).
56. Citação da *Odisseia*, VIII 500 e, em Q&C, também presente em V.7 e VIII.7.

[8]

Enquanto ele ainda falava (pois estava assim combinado), Quéreas, em carne e osso, deu um passo à frente. Ao vê-lo, Calírroe exclamou:

— Quéreas! Você está vivo?

E num ímpeto saiu correndo ao seu encontro. Dionísio, no entanto, reteve-a e, interpondo-se, não deixou que se abraçassem. Quem poderia relatar com justiça a atmosfera que tomou conta daquele tribunal? Que poeta levou à cena uma história tão extraordinária? Você pensaria estar diante de uma peça repleta de incontáveis emoções e todas elas misturadas: choro, alegria, espanto, piedade, descrença, preces! Festejavam Quéreas, alegravam-se com Mitrídates, sofriam com Dionísio, não sabiam o que sentir a respeito de Calírroe. Ela estava muito perturbada, parada e sem palavras, apenas olhando para Quéreas com os olhos arregalados. A impressão que tive é que o rei, naquele momento, gostaria de ser Quéreas!

Não há dúvida que a guerra, para todos os que rivalizam no amor, é habitual e espontânea. No caso deles, o prêmio que estava à vista insuflou-lhes ainda mais a competição recíproca, de modo que, se não fosse pelo respeito devido ao rei, também teriam saído no braço. A guerra prosseguiu no limite das palavras. Quéreas começou:

— Sou o primeiro marido.

Dionísio, por sua vez:

— Eu sou o mais constante.

— Acaso repudiei minha mulher?

— Não, você a sepultou viva!

— Mostre o destrato do casamento!

— É só olhar para a sepultura!

— Entregou-a a mim o seu pai!

— Entregou-se a mim por si própria!

— Você não é digno da filha de Hermócrates!

— Menos ainda é você, que foi prisioneiro de Mitrídates!
— Exijo Calírroe de volta!
— Ela fica comigo!
—Você se apodera da mulher de outro!
— E você matou a sua!
—Adúltero!
— Assassino!

No calor da disputa, falavam assim um com o outro e todos os demais escutavam, não sem prazer. Calírroe permanecia em pé, parada, olhando para baixo e chorando: amava Quéreas, respeitava Dionísio. Enquanto isso, o rei, fazendo com que todos deixassem a sala, deliberava em companhia dos amigos, não mais sobre Mitrídates, já que ele se defendera brilhantemente, mas se devia proferir sentença sobre o destino da mulher. Uns opinavam que a causa não competia ao juízo real ("Era verossímil ter acolhido a acusação contra Mitrídates, uma vez que era um sátrapa", diziam), porque esses eram todos indivíduos comuns. A maioria deliberava no sentido contrário, tanto porque o pai da mulher havia prestado favores à casa do rei, quanto porque este não chamava para si uma causa externa ao julgamento em curso, mas ela era praticamente parte do que estava em discussão no tribunal — de fato não queriam se pôr de acordo quanto à causa verdadeira: é difícil, para os que a veem, abrir mão da beleza de Calírroe.

Após chamar de volta os que antes havia mandado sair, [o rei] disse:

— Absolvo Mitrídates, que ele parta para sua satrapia amanhã, levando presentes meus. Que Dionísio e Quéreas, no entanto, esclareçam que direito cada qual tem sobre essa mulher, pois é preciso que eu zele pela filha de Hermócrates, o que venceu os atenienses, meus maiores inimigos, assim como da Pérsia.

Proferida a sentença, Mitrídates reverenciou-o, mas a perplexidade tomou conta dos demais. Ao vê-los sem reação, o rei disse:

— Não quero pressioná-los; ao contrário, concordo que venham a júri após terem se preparado. Dou-lhes cinco dias de intervalo. Nesse tempo, Calírroe ficará aos cuidados de Estatira, minha mulher. De fato, não é justo que ela, estando prestes a ser submetida a julgamento no que respeita ao seu casamento, venha ao tribunal na companhia de um dos seus maridos.

Enquanto todos os demais deixavam o tribunal casmurros, somente Mitrídates estava alegre. Recebeu os presentes, pernoitou e logo cedo lançou-se para a Cária mais radiante do que antes.

[9]

Uns eunucos buscaram Calírroe e a levaram até a rainha sem lhe prevenirem antes, pois os enviados do rei não carecem de anúncio. Diante da visão repentina, Estatira saltou do divã por julgar que Afrodite estava na sua frente, pois reverenciava a deusa em especial. Calírroe ajoelhou-se. O eunuco notou o seu espanto e disse:

— Esta é Calírroe. O rei acaba de enviá-la para que fique aos seus cuidados até o julgamento.

Foi com alegria que Estatira ouviu o que ele disse e, deixando de lado toda a rivalidade feminina, foi muito receptiva para com Calírroe em vista de sua reverência. De fato, exultava com o bem que lhe fora confiado. Tomando-lhe a mão, disse:

— Coragem, querida! Chega de lágrimas! O rei é um homem de bem. Você vai ter o marido que deseja. Após o julgamento, será desposada com todas as honrarias. Vá e descanse agora. Dá para ver que você está cansada e ainda tem o ânimo perturbado.

Foi com prazer que Calírroe ouviu o que ela disse, já que desejava ficar sozinha. Assim que se deitou e deixaram-na sossegada, tocando os olhos, disse:

— Vocês realmente viram Quéreas? Aquele lá era mesmo o meu Quéreas? Ou até nisso estou errada? Talvez Mitrídates tenha encomendado um duplo espectral para o tribunal — dizem que há feiticeiros na Pérsia... Mas ele também falou e tudo o que disse era consistente. Como, então, resistiu sem me abraçar? E nos separamos sem sequer trocar um beijo!

Enquanto falava assim, ouvia-se ruído de passos e vozerio de mulheres. Todas acorreram aos aposentos da rainha, julgando ter o direito de ver Calírroe. Mas Estatira disse:

— Devemos deixá-la tranquila, pois está indisposta. Temos cinco dias para ver, ouvir e falar com ela.

Frustradas, elas foram embora e, no dia seguinte, chegaram bem cedo. Fizeram assim todos os dias escrupulosamente, de modo que o palácio se encheu de gente. Mas também o rei frequentava os aposentos destinados às mulheres com mais frequência, pretextando visitar Estatira. Enviaram presentes caros a Calírroe, mas ela não os aceitava de ninguém, mantendo a aparência de mulher desafortunada, trajando negro, sentada descomposta. Isso a tornou ainda mais resplandecente. Quando a rainha quis saber qual marido preferia, nada respondeu; limitou-se apenas a chorar.

Enquanto Calírroe estava assim, Dionísio tentava suportar as adversidades com dignidade, em parte por seu equilíbrio inato, mas também por sua educação esmerada — e o inesperado da situação podia abalar até mesmo o mais corajoso. Ele ardia por ela mais intensamente do que quando estava em Mileto. De fato, no começo da paixão ele amara unicamente sua beleza e, depois, agregaram-se ao amor a intimidade, a benção de filhos, a gratidão, os ciúmes e, sobretudo, o imprevisto.

[10]

De repente se punha a gritar:

— Que Protesilau é esse, que veio dos mortos contra mim? Que deus dos ínferos eu negligenciei, para encontrar como rival um cadáver, que eu sepultei no túmulo? Afrodite soberana, você me armou uma cilada, você cujo templo fundei em minha propriedade, a quem sacrifico amiúde! Por que me mostrou Calírroe, cuja guarda não terei? Por que fez pai aquele que nem marido é?

Nesse meio-tempo, com o filho nos braços, falava entre lágrimas:

— Filho infeliz, antes, pensava que você nascera para minha alegria, mas, agora, penso que para minha desgraça! Você me traz a herança da mãe e a memória de um amor desafortunado. Você é criança, mas apesar disso não é totalmente insensível aos infortúnios de seu pai. Maldita viagem fizemos! Não devia ter deixado Mileto! A Babilônia nos destruiu... Perdi a primeira causa, em que Mitrídates acusou-me, mas no que diz respeito à segunda temo ainda mais — e aí reside o maior perigo, o prenúncio do processo me tirou a esperança. Eu, sem sentença judicial, fui privado de minha mulher e vou disputá-la com outro. O pior de tudo é que não sei quem Calírroe quer. Você, filho, pode descobrir porque é parte de sua mãe. Vá agora e suplique em nome de seu pai. Chore, beije, fale: "Mãe, meu pai te ama!". Não faça nenhuma crítica. O que, preceptor? Não nos deixam entrar no palácio? Ó, despotismo terrível! Vedam o acesso de um filho que busca sua mãe como enviado do pai!

Enquanto Dionísio passava o tempo até o julgamento, mediando a luta entre paixão e razão, Quéreas era presa de dor inconsolável. Pretextando estar doente, pediu que Policarmo acompanhasse Mitrídates, benfeitor dos dois. Quando ficou sozinho, armou um laço e, no momento em que se punha nele, disse:

— Melhor sorte teria na morte, se tivesse subido à cruz,

a que uma falsa acusação me conduziu, quando eu era prisioneiro na Cária. Então eu teria me retirado da vida, iludido pelo amor de Calírroe. Agora, contudo, perdi não somente a vida, mas também o consolo da morte. Quando me viu, Calírroe não se aproximou, não me beijou. Envergonhou-se de mim, ali parado diante do outro. Não fique ela embaraçada! Anteciparei a sentença, não vou esperar o inglório fim. Sei que sou um pobre antagonista para Dionísio: um estrangeiro, sem posses, sem relações sociais. Que a Fortuna te acompanhe, esposa minha! Eu a chamo de esposa, ainda que ame outro. Estou de partida e não vou atrapalhar seu casamento. Desfrute da riqueza e do luxo, aproveite a opulência da Jônia! Tenha aquele que quer. Depois que Quéreas morrer de verdade, peço a você, Calírroe, um último favor. Quando eu morrer, aproxime-se do meu corpo e, se puder, chore. Isso terá mais importância para mim do que a imortalidade. Inclinando-se na minha lápide, diga, mesmo que seu marido e filho bebê estejam assistindo: "Você se vai de verdade agora, Quéreas. Está morto agora. Eu devia tê-lo escolhido no tribunal do rei!". Eu a escutarei, esposa minha, e talvez até acredite... Fará crescer minha fama entre as divindades debaixo.

Se até mesmo na casa de Hades esquecem-se dos mortos,
ainda lá, amada minha, eu vou lembrar-me de ti.[57]

E, aos prantos, beija o laço e diz:
— Para mim, ambos: consolo e advogado. Através de você, venço. Você tem mais afeição por mim que Calírroe!

---

57. Citação da *Ilíada*, XXII 389-90, levemente modificada: *phílou memnêsom' hetaírou* (φίλου μεμνήσομ' ἑταίρου), em que a referência é Pátroclo; *phílês memnêsomaí sou* (φίλης μεμνήσομαί σου), no feminino, por referir-se a Calírroe. Uma das raras citações de Homero feita por uma personagem, e não pelo narrador. Mais raro ainda o fato de que venha de Quéreas, uma vez que Dionísio, cuja erudição é sempre marcada, concentra as citações entre as personagens.

No momento em que ele subia e colocava o laço em volta do pescoço, seu amigo Policarmo apareceu e o conteve, como se a um possuído, sem conseguir confortá-lo mais. A data marcada para julgamento já estava próxima.

LIVRO

VI

[1]

À véspera de o rei julgar se Calírroe deveria ser esposa de Quéreas ou de Dionísio, a Babilônia inteira estava em suspenso. Tanto nas casas quanto nas vielas os que se opunham diziam uns para os outros:

— Amanhã serão as bodas de Calírroe! Quem será o felizardo?

A cidade estava cindida. Os que apoiavam Quéreas argumentavam:

— Ele foi seu primeiro marido, desposou-a virgem e sua paixão era correspondida. Seu pai entregou-a a ele, a terra natal sepultou-a: não negligenciou as bodas, nem foi negligenciado. Dionísio não a comprou,[58] nem desposou. Piratas venderam-na, mas não era lícito comprar uma moça nascida livre.

---

58. Mantenho a leitura de Reardon, contra a de Goold, que adota a correção de Reiske, a qual aconselha suprimir o advérbio de negação (Dionísio comprou-a). Penso que o argumento é no sentido de que Dionísio não comprou Calírroe legalmente, embora os piratas tenham-na vendido. Como o negócio foi ilícito, teria de ser anulado e ele não deveria ter nenhum direito a ela.

Os que apoiavam Dionísio contra-argumentavam:

— Resgatou do covil de piratas a que estava por ser assassinada, pagou um talento por sua salvação: primeiro a salvou, depois a desposou. Quéreas, depois de desposá-la, matou-a; Calírroe deve lembrar da sepultura! Acrescente-se à vitória de Dionísio algo ainda maior: o filho que têm juntos.

Essas coisas diziam os homens, mas as mulheres não somente exercitavam a palavra, como também davam conselhos à Calírroe como se ela estivesse presente:

— Não abandone aquele com quem se casou virgem, escolha o primeiro amor, o seu concidadão, a fim de que também reveja seu pai. Caso contrário, levará uma vida de estrangeira no exílio.

E outras:

— Escolha o seu benfeitor, o que a salvou, não o que a matou! O que será se Quéreas tiver outro acesso de raiva? Outra vez a sepultura? Não atraiçoe seu filho! Honre o pai da criança!

Era possível ouvi-los falar coisas tais, de modo que se poderia dizer que toda a Babilônia havia se convertido em um tribunal.

A noite, a última antes do julgamento, chegou. O casal real havia se deitado sem, contudo, partilhar as ideias. A rainha rezava para que chegasse logo o dia, a fim de desembaraçar-se daquela que lhe havia sido confiada como um fardo. Pesava-lhe a beleza da mulher, que se lhe contrapunha de perto, e também suspeitava das visitas frequentes do rei e de suas gentilezas fora de hora. Se antes raramente vinha aos aposentos das mulheres, desde que Calírroe estava lá, tornara-se assíduo. Nos seus encontros, surpreendia-o a olhar disfarçadamente para Calírroe, com toda calma, os olhos buscando furtar-se daquela visão, embora levados ali espontaneamente. Assim, enquanto Estatira saudava o dia que lhe era prazeroso, o rei não agia igual, permanecendo insone a noite inteira

> *ora deitado de lado, ora novamente*
> *de costas, ora de bruços,*[59]

cismando consigo mesmo e dizendo:

— Está aí o julgamento, pois eu, precipitado, marquei uma data próxima. Afinal, o que faremos de manhã? Em breve, Calírroe estará de partida para Mileto ou Siracusa. Olhos miseráveis, que têm uma única oportunidade futura para desfrutar da mais bela visão, e, então, um escravo meu será mais feliz do que eu! Examine o que você deve fazer, minh'alma. Volte-se para si mesma — não há outro conselheiro. O próprio Eros aconselha quem ama. Portanto, em primeiro lugar julgue a si mesmo. Quem é você? O amante ou o juiz de Calírroe? Não se engane! Embora não reconheça, está apaixonado, e será refutado completamente sempre que não a tiver diante dos olhos! Ora, por que você quer castigar a si mesmo? O Sol, seu ancestral, reservou-lhe esse ser, o mais belo de quantos ele avista, e você recusa o presente do deus? Sim, de certo dou muita importância a Quéreas e Dionísio, meus escravos sem glória, para arbitrar sobre seu casamento e atuar como a velha alcoviteira, eu, o Grande Rei! Mas, antecipei-me ao assumir o júri e isso é do conhecimento de todos. Mais que tudo envergonho-me por Estatira. Nem torne pública a paixão, nem conclua o julgamento. Basta-lhe apenas olhar para Calírroe. Suspenda o júri; isso é lícito até mesmo em um tribunal ordinário.

[2]

Então, quando surgiu o dia, enquanto os serviçais arrumavam o tribunal do rei, a multidão concorria ao palácio: toda

---

59. Citação da *Ilíada*, XXIV 10-11.

a Babilônia agitava-se.⁶⁰ Assim como nos Jogos Olímpicos é possível contemplar o espetáculo dos atletas que chegam ao estádio com seus acompanhantes, assim também o era com aqueles. Enquanto um sem número de persas ilustres escoltava Dionísio, o povo vinha com Quéreas. Eram infinitas as preces e os clamores da parte dos que apoiavam cada um deles e faziam votos assim: "você é melhor, você vai ganhar!". O prêmio era não uma coroa de folhas de oliveira, uma maçã ou os ramos de um pinheiro,⁶¹ mas a beleza suprema, pela qual teriam disputado até mesmo os deuses.

O rei chamou o eunuco Artaxates, que era o mais influente junto a ele, e disse:

— Veio-me um sonho em que os deuses que protegem a realeza reclamavam sacrifícios e é meu dever cumprir primeiro o que diz respeito à piedade. Faça anunciar que durante trinta dias toda a Ásia celebrará o mês consagrado, estando suspensos os julgamentos e os negócios.

O eunuco anunciou o que foi ordenado e imediatamente tudo se encheu de gente que sacrificava e portava coroas. A flauta ecoava, a siringe soava e se escutava quem entoasse uma canção. Diante das portas queimava-se incenso e cada ruela estava em festa,

*o odor das carnes subia ao céu em espirais de fumaça.*⁶²

O rei depositou sacrifícios magníficos nos altares. Pela primeira vez sacrificou a Eros e muito invocou Afrodite, para que ela o ajudasse com o filho.

Em meio à alegria generalizada, apenas três estavam

---

60. Cf. Heródodo, VII.I.I.
61. Prêmios dados aos vencedores nos jogos olímpicos, píticos e ístmicos.
62. Citação da *Ilíada*, I 317.

entregues à dor: Calírroe, Dionísio e, acima de todos, Quéreas. Calírroe não podia entregar-se à dor abertamente nos aposentos reais, mas, serena, lamentava e maldizia o festival sem ser notada. Já Dionísio maldizia a si mesmo porque deixara Mileto. Dizia:

— Agora aguente, seu miserável, essa situação que é fruto da sua vontade, pois é você mesmo o culpado por isso. Você podia ter Calírroe mesmo com Quéreas vivo. Tinha o controle em Mileto, onde nem a carta a Calírroe, porque você não quis, foi-lhe entregue. Quem a teria visto? Quem teria se aproximado? Mas empenhou-se em jogar-se no meio dos inimigos! Quisera fosse você apenas, mas agora expõe também o bem que, para você, vale bem mais que sua própria vida! Por ele, de todo lado, fazem-lhe guerra. Por que acha, seu tolo, que Quéreas é a parte contrária? Você arranjou seu senhor para ser seu rival no amor: agora o rei também tem visões e reclamam sacrifícios os deuses para os quais sacrifica todo dia. Que falta de vergonha! O sujeito adia a sentença, com a mulher de outro em sua casa, e o tal se diz juiz!

Queixava-se assim Dionísio; Quéreas não tocava em alimento e nem tinha vontade alguma de viver. Quando seu amigo Policarmo impediu que morresse por inanição, disse:

— Você, nessa pele de amigo, é o meu maior inimigo! Você me mantém vivo quando sou torturado e vê com prazer quando sou castigado! Se fosse mesmo meu amigo, não me negaria a liberdade quando estou à mercê de um espírito mau! Quantas chances de felicidade você me destruiu? Eu estaria contente, se em Siracusa tivesse sido sepultado com Calírroe, ela mesma então sepultada. Mas naquela ocasião, quando eu quis me matar, você me impediu e me privou de uma bela companheira de viagem — talvez ela não tivesse saído da tumba, se fosse para abandonar o cadáver... Deitado naquela sepultura teria sido poupado do que veio depois: venda, pirataria, prisão, cruz, o rei, que é ainda mais difícil de levar que a cruz!

Ó bela morte, nem teria ouvido falar do segundo casamento de Calírroe! Você me destruiu outra oportunidade de morrer, depois do julgamento. Vi Calírroe e não me aproximei, não a beijei. Situação inusitada e incrível! Julga-se Quéreas, se ele é o marido de Calírroe! Contudo, qualquer que seja a sentença, a divindade adversa impede que seja cumprida! Os deuses me odeiam tanto em sonho quanto em vigília!

Dizendo isso, lançou-se sobre o punhal, mas Policarmo reteve sua mão e, atando-a durante aquela noite, vigiou-o.

[3]

O rei convocou o eunuco, no qual depositava a maior confiança, e, de início, sentiu vergonha diante dele, que, ao vê-lo todo corado, sentindo que queria dizer algo, falou:

— O que está escondendo de seu escravo, senhor? Sou devotado para contigo e capaz de guardar segredo. O que de tão terrível aconteceu? Temo que uma conspiração...

— Sim, disse o rei, e grande, mas não da parte dos homens, senão que de um deus. Da existência de Eros, antes sabia por mitos e poemas, que ele subjugava todos os deuses, o próprio Zeus, inclusive. Contudo, não acreditava que, vizinho a mim, pudesse haver alguém mais poderoso do que eu. Mas em toda a parte está o deus. Eros[63] habita minha alma, grande e intenso, e — é terrível admitir — estou em seu poder.

Enquanto falava, transbordava de lágrimas, de modo a não ser mais capaz de encadear as palavras. Assim que se calou, Artaxates soube a origem da ferida. Não deixara de suspeitar antes, mas intuíra o fogo pela fumaça. Também não

---

63. Passagem ilegível. Eros é conjectura de Goold a partir de Blake. Reardon não suplementa.

havia dúvida, nem era invisível, que não teria se apaixonado por ninguém mais com Calírroe por perto. Fingiu, contudo, ignorar e disse:

— Que beleza é capaz de subjugá-lo, senhor? Tudo que é belo não está a seu dispor: ouro, prata, roupas, cavalos, cidades, povos, além de um sem número de mulheres belas? Estatira, a mais bela das que vão sob o sol, somente você a desfruta. O amor se curva ao poder, exceto se uma das do alto desceu do céu ou do mar ergueu-se uma outra Tétis. Acredito, no entanto, que até mesmo as deusas desejem sua companhia.

Respondeu o rei:

— Talvez seja verdade o que você diz, que essa mulher seja uma das deusas, já que a sua beleza é sobre-humana. Ela não confessa, mas finge ser grega, de Siracusa, e nisso está a prova do engano. Teme ser desmascarada ao designar uma única das cidades que nos pertencem e bota a sua história em terras jônias, no além-mar. Veio até mim sob pretexto do julgamento e encenou todo esse drama. Eu me admiro que você, que viu Calírroe, tenha ousado dizer que Estatira é a mais bela de todas. Deve-se examinar, então, como eu poderia deixar de sofrer. Procure em todo lugar se é possível descobrir um remédio.

— Esse remédio que você procura, meu rei, já foi descoberto por gregos e bárbaros — disse. — Não há outro remédio para o amor, exceto o ser amado. É esse o decantado oráculo: o que fere, somente esse curará.[64]

O rei envergonhou-se por essas palavras e disse:

— Você não diga nada que me leve a seduzir a mulher de outro. Eu me lembro das leis que instituí e da justiça, que

---

64. Referência ao oráculo dado a Telefo, rei mísio ferido por Aquiles. Como a ferida não sarasse, soube do oráculo que somente quem a causara seria capaz de curá-la.

pratico como todos. Você não conhece nenhum destempero meu. Não estamos assim tão prisioneiros...

Temendo ter dito algo precipitado, Artaxates passou ao elogio. Disse:

— Sua argumentação é magnífica, meu rei. Não deve conduzir a cura do amor de forma semelhante aos demais homens, mas sim, lutando consigo mesmo, da maneira superior e mais digna própria da realeza. Com efeito, senhor, você sozinho pode subjugar também o deus. Entregue-se de alma a todo prazer. Mais que tudo, você gosta especialmente de caçar. Sei que você passa o dia sem comer, sem beber, pelo prazer da caçada. Na caçada passa melhor que no palácio, onde está perto do fogo.

[4]

A sugestão agradou-lhe e anunciou-se uma magnífica caçada. Cavaleiros paramentados iam montados: a elite persa e a nata da tropa. A todos valia contemplar, mas o próprio rei era o mais distinto. Vinha em um cavalo de raça, oriundo de Nisa, belíssimo e imponente, que trazia arreios de ouro; também de ouro eram os antolhos, a testeira e o peitoral. Vestia um manto de púrpura fenícia (o tecido era babilônio) e turbante tingido de azul-jacinto, na cintura, adaga de ouro, duas lanças trazia nas mãos, além de aljava e arco a tiracolo, produtos valiosíssimos de artífices chineses.[65] Vinha altaneiro, pois é característico do amor o gosto pelos adornos. Queria ser visto por Calírroe em público e, por toda a cidade, enquanto

---

65. O termo empregado é *ser*, bicho da seda, seda. No plural, *seres*, designa o povo que produzia e comerciava a seda, daí os chineses. Essa é uma das primeiras referências à China na literatura antiga.

a deixava, buscava avistá-la, caso também ela contemplasse o cortejo. Logo as montanhas encheram-se de gritos, das carreiras, dos latidos dos cães, do relinchar dos cavalos, de animais sendo perseguidos. Aquele empenho e agitação teriam tirado de si o próprio Eros, pois havia prazer no embate, alegria no medo e o perigo era doce. Mas o rei não tinha olhos nem para cavalo, tantos eram os que galopavam a seu lado, nem para a caça, quanta era perseguida, nem ouvia os cães, quantos latiam, nem a gente, quanta gritava. Tinha olhos apenas para Calírroe, que não estava presente, e escutava a ela, que não falava. Eros veio caçar com ele e, porque era um deus que gosta de desafios, ao ver que ele resistia e estava determinado, assim imaginava, voltou contra ele seu artifício e com a cura incendiou sua alma. Posto dentro dele, Eros dizia:

— Como seria ver aqui Calírroe, as vestes erguidas até os joelhos, os braços desnudos, o rosto todo afogueado, o peito arfante... Verdadeiramente

> *tal Ártemis seteira percorre a montanha,*
> *quer o elevado Taigeto ou o Erimanto,*
> *deliciando-se com javalis e velozes corças.*[66]

Pintando tal quadro e em tais devaneios, ele ardia intensamente.

[...][67] Assim falava e Artaxates disse em resposta:

— Está esquecido dos fatos, meu senhor. Calírroe não tem marido. A decisão sobre quem deve desposá-la está em suspenso. Recorde, então, que está apaixonado por uma mulher sem cônjuge. Nem tenha escrúpulos com as leis, pois que

---

66. Citação da *Odisseia*, VI 102-4.
67. Tem início aqui lacuna de cerca de vinte linhas no manuscrito em que, provavelmente, o rei faz confidências ao eunuco.

elas se aplicam aos casamentos, nem com adultério, já que é preciso haver primeiro um marido ofendido e, depois, um adúltero ofensor.

O raciocínio agradou ao rei, pois levava ao prazer, e pegando o eunuco pela mão, beijou-o e disse:

— É com justiça que eu o honro acima de todos, pois você me é o mais devotado e um bom guardião. Vá e traga Calírroe! Peço-lhe duas coisas: que não seja contrariada, nem às claras. Quero, pois, que você a persuada e que aja sem ser notado.

Imediatamente foi dado o toque de retirada da caçada e todos retornaram. O rei, tomado pela expectativa, seguia alegre para o palácio, como se tivesse caçado a mais bela presa. Também Artaxates se alegrava por acreditar estar a serviço do prazer, o que lhe renderia em breve assento na frente do carro real, ambos lhe devendo um favor, sobretudo Calírroe. De fato, julgava ser tarefa fácil, pois como eunuco, escravo, bárbaro, não conhecia os nobres sentimentos gregos, sobretudo os da casta e fiel Calírroe.

[5]

Espreitando a oportunidade, foi até ela quando estava sozinha, e disse:

— Senhora, trago-lhe um tesouro repleto de bens. Recorde-se de minha boa ação, pois acredito que será digna de seu reconhecimento.

Desde o início da fala, Calírroe ficara exultante, pois é essa a natureza do homem, *imagina aquilo que quer, afinal*.[68] Achou que logo seria restituída a Quéreas e dedicou-se a escu-

---

68. Adaptação de Demóstenes, *Olintíacas*, 3.19, citada integralmente em Q&C, III. 9.3.

tá-lo, depois de prometer que retribuiria o eunuco pelas boas novas. E ele, retomando mais uma vez, começou pelo introito:

— Senhora, embora afortunada por uma beleza divina, mas dela você não colheu fruto digno de importância ou veneração. Seu renome, na terra toda célebre e conhecido, até hoje não encontrou nem marido digno, nem amante, mas esbarrou em dois: um, um ilhéu sem posses; o outro, um escravo do rei. O que deles lhe resultou de grande e ilustre? Qual território possui que seja produtivo? Que joia de valor? Que cidades governa? Quantos escravos reverenciam-na? As criadas das mulheres babilônias são mais ricas que você! Contudo, você não foi negligenciada totalmente; os deuses estão cuidando de você. Por isso trouxeram-na aqui, achando no julgamento um pretexto para que o Grande Rei a contemplasse. E nisso reside a primeira boa notícia: foi um olhar de prazer. E eu estou sempre a recordá-la e a elogiá-la junto a ele.

Acrescentou isso, pois todo escravo estava acostumado a mencionar a si próprio sempre que conversava com alguém sobre seu senhor, buscando tirar da conversa alguma vantagem. Suas palavras golpearam o coração de Calírroe como punhais, mas ela fingiu não compreender e disse:

— Possam os deuses permanecer propícios ao rei, e ele a você, porque apiedam-se de uma mulher desafortunada. Rogo: livre-me ele o mais rápido da preocupação, concluindo o julgamento, para que não mais incomode a rainha.

O eunuco, que acreditava não ter se expressado com clareza e que a mulher não o entendera, começou a falar de forma mais explícita:

— Considere-se afortunada: por não ter mais como amantes escravos ou esmolambados, mas antes o Grande Rei, que pode agraciá-la com a própria Mileto, toda a Jônia e a Sicília, além de lugares de ainda mais importância. Sacrifique aos deuses e rejubile-se. Sobretudo cuide de agradá-lo e, quando for rica, lembre-se de mim.

O primeiro impulso de Calírroe, se fosse possível, era arrancar fora os olhos do seu corruptor, mas como era uma mulher educada e dotada de bom senso, logo entendeu o seu lugar, quem era ela e quem era o seu interlocutor. Deixou de lado a raiva e, adotando um tom irônico com o bárbaro, disse o seguinte:

— Tomara não esteja louca a ponto de acreditar ser digna do Grande Rei! Sou igual às criadas das mulheres babilônias. Rogo-lhe o favor de não mais me mencionar para o seu senhor. Se no presente não está encolerizado, depois se zangará com você, ao considerar que o empurrou, o senhor de toda a terra, para a escrava de Dionísio. É admirável que com a sua inteligência acima da média você ignore a bondade do rei, porque não está apaixonado por uma mulher desafortunada, mas dela se apieda. Devemos interromper aqui nossa conversa, pois temo que alguém nos difame junto à rainha.

Enquanto ela se afastava rapidamente, o eunuco ficou ali parado, boquiaberto. Como crescera num meio em que prevalecia a tirania absoluta, julgava nada haver impossível, quer para o rei, quer para o seu eunuco.

[6]

Deixado sozinho e sem sequer merecer resposta, ele partiu cheio de sentimentos variados: tinha raiva de Calírroe, estava aflito por si mesmo e com medo do rei. Talvez o monarca não fosse acreditar que falhara, nem que falara com ela, julgaria antes que ele traíra sua missão para agradar a rainha. Estava temeroso que Calírroe relatasse suas palavras àquela. Estatira, se ficasse muito irritada, talvez quisesse o seu mal não somente por estar a serviço do rei, mas também urdir sua paixão.

Enquanto o eunuco considerava como informar ao rei com segurança o que havia se passado, Calírroe, deixada a sua própria conta, dizia:

— Isso eu já havia profetizado. Tenho você, Eufrates, como testemunha! Predisse que não mais tornaria a cruzá-lo. Adeus, meu pai, e também a você, minha mãe, e a Siracusa natal, pois nunca mais os verei de novo! Agora Calírroe está de verdade morta. Da sepultura saí, mas no futuro nem mesmo Teron, o pirata, vai me tirar daqui. Ó beleza traiçoeira, você é a causa de todos os meus males! Por sua causa fui morta; por sua causa, vendida; por sua causa, casei-me após ter desposado Quéreas; por sua causa, fui trazida à Babilônia; por sua causa, posta no tribunal. A quantos você me entregou à traição? À sepultura, aos piratas, ao mar, à escravidão, ao julgamento. De tudo, o que mais me pesa é a paixão do rei. Isso para não mencionar a cólera do rei. Suponho que o ciúme da rainha será ainda mais temível. Se Quéreas, um homem grego, sucumbiu a ele, o que fará uma mulher e soberana bárbara? Vá Calírroe, conceba algo nobre, digno de Hermócrates, suicide-se! Mas não ainda... Até agora houve uma primeira entrevista e da parte de um eunuco. Se acontecer algo de mais violento, então será a sua oportunidade de mostrar a Quéreas, que aqui está, que você lhe é fiel.

O eunuco foi até o rei e escondeu a verdade sobre o que se passou, alegou falta de tempo e a vigilância cerrada da rainha, de modo a não conseguir se aproximar de Calírroe:

— Meu senhor, suas ordens foram para que eu cuidasse da discrição. E determinou com acerto, pois assumiu a máscara solene do juiz e deseja manter a boa reputação entre os persas. Graças a ela, é celebrado por todos. Os gregos se ofendem facilmente e são tagarelas. Eles mesmos farão o caso conhecido: Calírroe, por vaidade, por estar um rei apaixonado por ela; Dionísio e Quéreas, por ciúme. Não é digno de você afligir a rainha por causa de uma mulher estrangeira que o julgamento fez parecer ainda mais formosa.

Compunha essa palinódia para ver se era capaz de reverter a paixão do rei e libertar-se de uma árdua tarefa.

[7]

Conseguiu convencê-lo no momento, mas, quando veio a noite, ele estava em brasa, e Eros fazia-o recordar que olhos tinha Calírroe, quão belo era seu rosto. Louvava o cabelo, o andar, a voz, sua entrada na sala de júri e sua atitude lá, como falara, como calara, seu recato e lágrimas. Permaneceu insone a maior parte do tempo e quando adormeceu um pouco, viu Calírroe no sono. Assim, logo cedo, chamou o eunuco e disse:

— Vá e monte guarda todo o dia, o dia todo. Na certa, vai achar ocasião, ainda que para brevíssima entrevista que não seja notada. Se quisesse realizar meu desejo às claras e por força, mandaria lanceiros.

O eunuco pôs-se de joelhos e prometeu que o faria, pois a ninguém era permitido contestar as ordens do rei. Sabendo que Calírroe não lhe daria nova oportunidade, mas impediria a entrevista ficando propositadamente junto à rainha, como queria servi-lo nesse assunto, pôs a culpa não na vigiada, mas na vigilante, e ainda disse:

— Caso concorde, meu Senhor, mande chamar Estatira, como se quisesse ter uma conversa privada com ela. Em sua ausência, terei liberdade com Calírroe.

— De acordo! — disse o rei.

Artaxates foi e, ajoelhado diante da rainha, disse:

— Seu marido manda chamá-la, Soberana.

Assim que ouviu isso, Estatira ajoelhou-se e apressadamente saiu ao seu encontro. Ao ver que Calírroe fora deixada sozinha, tomou sua mão direita, como se fosse simpático aos gregos e benevolente, e a conduziu para longe da criadagem. Ela já sabia o que estava para acontecer e imediatamente ficou pálida e sem voz; mesmo assim, acompanhou-o. Quando ficaram a sós, disse para ela:

— Está vendo como a rainha, ao escutar o nome do rei, ajoelhou-se e saiu correndo? E você, sua escrava, não aceita bem sua sorte, nem se satisfaz que ele lhe mande convites quando pode dar ordens. Contudo eu, já que lhe tenho estima, nada revelei àquele de seu desatino; muito pelo contrário, comprometi-me por você. Estão postos dois caminhos, os quais queira seguir.[69] Vou revelar-lhe ambos. Caso ceda ao rei, receberá belíssimos presentes e o marido que quiser — com certeza ele não pretende desposá-la, mas você lhe proporcionará um prazer passageiro. Se não ceder, já deve ter ouvido falar do que sofrem os inimigos do rei, únicos a quem sequer é permitido morrer, mesmo que queiram.

Calírroe riu da ameaça e disse:

— Não será a primeira vez que sofrerei! Sou mestre em infortúnios! Que sofrimento o rei pode me infligir pior dos que já passei? Ainda viva, fui enterrada; e a sepultura é a mais estreita das prisões. Caí em mãos de piratas. Ainda agora sofro o maior dos males: Quéreas está aqui, mas nem posso olhar para ele!

Essa última frase a traiu, pois o eunuco, que era naturalmente perspicaz, compreendeu que ela estava apaixonada. Ele disse:

— Você, tolíssima entre todas as mulheres, prefere o escravo de Mitrídates ao rei?

Calírroe zangou-se com o insulto a Quéreas e disse:

— Segure a língua, homem! Quéreas é de boa estirpe, o primeiro de uma cidade que os atenienses não puderam derrotar, aqueles que em Maratona e Salamina venceram o seu Grande Rei!

Disse isso e ao mesmo tempo verteu um rio de lágrimas. O eunuco seguia provocando e disse:

— Você é culpada da morosidade. Como então terá um juiz benevolente? Isso não seria melhor para reconduzi-la ao

---

69. Cf. Heródoto, I.11.

marido? Talvez Quéreas nem venha a saber o que foi feito, mas, se souber, não teria ciúme de quem lhe é superior. Vai estimá-la ainda mais por ter agradado ao rei.

Acrescentou isso não por causa dela, mas por pensar ele próprio assim, pois todos os bárbaros ficam siderados diante do rei, que consideram um deus manifesto. Calírroe, no entanto, não teria visto com alegria bodas com o próprio Zeus, nem teria preferido a imortalidade a um único dia com Quéreas. Sem ser capaz de concluir seu assunto, o eunuco disse:

— Senhora, vou lhe dar tempo para refletir. Examine tudo à luz não apenas de seus interesses, mas dos de Quéreas também, que está arriscado a sofrer a morte mais lamentável. O rei não suportará ser superado em questões amorosas.

E então ele partiu, mas o final da entrevista atingiu Calírroe em cheio.

[8]

A Fortuna rapidamente pôs por terra toda reflexão e toda entrevista amorosa ao inventar assunto para novíssimas tramas. Vieram até o rei anunciar que o Egito se rebelara com grande aparato. Os egípcios teriam matado o sátrapa persa e eleito um rei dentre os locais. Esse, lançando-se desde Mênfis, teria deixado o Pelúsio para trás e já investia contra a Síria e a Fenícia, cujas cidades não podiam resistir por mais tempo, como se uma torrente do degelo ou fogo súbito corresse sobre elas. Diante do rumor, o rei ficou perturbado, os persas horrorizados e o abatimento tomou toda a Babilônia. Então, os dados a boatos e adivinhos explicaram que o sonho do rei[70] anunciara

---

70. Referência ao sonho do rei (Q&C, VI.2), que serviu como pretexto para adiar o julgamento de Calírroe.

o futuro: quando reclamaram sacrifícios, os deuses prenunciaram o perigo, mas também a vitória.

Tudo quanto era usual acontecer e era natural em uma guerra inesperada foi dito e havido, já que uma grande mobilização tomou conta de toda a Ásia.[71] Após convocar seus pares entre os persas e quantos chefes estrangeiros estavam presentes, com os quais estava acostumado a tratar das grandes questões, o rei deliberou acerca da situação e cada um dava um conselho diferente. A todos agradava, contudo, apressar-se e não adiar, se possível, nem um único dia. Isso por duas razões: para impedir um crescimento ainda maior dos inimigos e para insuflar maior ânimo aos aliados, mostrando-lhes que a ajuda estava já perto. Se demorassem, tudo resultaria no contrário: os inimigos tenderiam a desprezá-los, por covardes; os amigos desistiriam, por considerá-los negligentes.

Era uma sorte para o rei não ter sido avisado nem na Báctria, nem em Ecbátana, mas na Babilônia, perto da Síria, pois ao cruzar o Eufrates logo teria os rebeldes ao alcance da mão. Julgou melhor conduzir dali as forças que estavam com ele, além de enviar emissários a todo império com ordens para que o exército se agrupasse às margens do rio Eufrates. Eram fáceis para os persas os preparativos das tropas, pois as disposições datavam do tempo de Ciro, o primeiro rei persa: quais dentre os povos deviam fornecer tropas equestres para a guerra e em que quantidade, quais a infantaria e em que quantidade, quem seriam os arqueiros e quantos carros, básicos ou munidos de lâminas, de onde viriam os elefantes e quantos, e o dinheiro que cabia a cada um deles aportar, quais e quanto. Esses preparativos da parte de todos demandavam tanto tempo quanto um único homem levaria para se preparar.

---

71. Referência a Tucídides, *História da Guerra do Peloponeso*, I 1.

[9]

No quinto dia após o anúncio, o rei partiu da Babilônia à frente de suas tropas. Atendendo a uma convocação geral, acompanhavam-no todos quantos tinham idade para fazer parte do exército. Dionísio também partia com eles, pois era jônio e a nenhum súdito foi permitido ficar. Paramentado com armas vistosas e arregimentando um pelotão não desprezível, que ia com ele, entre os primeiros e mais destacados postou-se. Estava claro que agia com nobreza, que era um homem dotado de aspirações e não punha a bravura em segundo plano; antes a considerava o que havia de mais belo. Fosse evidente que era útil na guerra, nutria então uma leve esperança de receber do rei a mulher, como prêmio por sua excelência, sem que houvesse julgamento.

A rainha não queria levar consigo Calírroe; por isso sequer mencionou-a junto ao rei, nem procurou saber quais as suas disposições acerca da estrangeira. Artaxates também ficou calado, já que agora, que seu senhor enfrentava o perigo, não ousava recordar-lhe jogos amorosos, mas a verdade é que estava contente de ver-se livre dela, como de um animal bravio. Sou mesmo de opinião de que ele dava graças à guerra por ter amputado o desejo do rei, antes alimentado pelo ócio.

De Calírroe, contudo, não esquecera o rei, mas mesmo em meio àquele tumulto inenarrável,[72] sobreveio-lhe a lembrança de sua beleza. Tinha vergonha de falar sobre ela, por não querer dar a impressão de rapazola ao recordar, em meio a tamanha guerra, uma mulher formosa. O ímpeto contido, nada disse para Estatira, nem para o eunuco, até porque ele fora cúmplice de seu amor, e teve então a seguinte ideia. O rei e a elite persa tinham o costume de levar consigo, quando

---

72. Referência a Xenofonte, *Ciropédia*, 7 1.32. Ver também Q&C, VII.4.

partiam para a guerra, mulheres, filhos, ouro, prata, roupas, eunucos, concubinas, cães, mesas, bens preciosos e artigos de luxo. O rei, então, mandou chamar o encarregado desses preparativos: primeiro falou longamente para instruí-lo acerca de várias coisas, como devia proceder em vista de cada uma; por fim, mencionou Calírroe. Com um ar insuspeito, como se não lhe importasse nada, disse:

— E aquela fulana estrangeira, sobre a qual aceitei dar o veredito, que ela siga com as demais mulheres.

E assim Calírroe deixou a Babilônia, não de todo descontente, pois tinha a esperança de que Quéreas também partisse. Esperava que a guerra trouxesse consigo fatos imprevisíveis e alterasse a sorte dos que viviam no infortúnio, e, talvez, se houvesse paz rapidamente, o julgamento alcançasse o fim ali mesmo.

LIVRO

VII

[1]

Quando todos partiram com o rei, engajados na guerra contra os egípcios, ninguém deu instruções a Quéreas. De fato, ele não era escravo do rei e naquela ocasião era o único a gozar de liberdade na Babilônia. Alegrava-se na esperança de que Calírroe também tivesse ficado. No dia seguinte foi até o palácio real à procura da esposa. Vendo que estava fechado e muitos guardas estavam nas portas, percorreu toda a cidade inquirindo e, como se estivesse fora de si, perguntava sem sossego ao amigo Policarmo: "E Calírroe, onde está? O que aconteceu? Com certeza ela não se alistou no exército!".

Como não encontrava Calírroe, procurou Dionísio, seu rival, e foi até sua casa. Um caseiro se aproximou e lhe disse o que havia sido instruído a dizer. Dionísio, querendo que Quéreas perdesse a esperança em seu casamento com Calírroe e não mais aguardasse o julgamento, concebeu a seguinte artimanha. Ao partir para a batalha, deixou uma mensagem para Quéreas, dizendo que o rei persa, necessitado de aliados, enviara Dionísio para reunir tropas contra o Egípcio e, para que o servisse com máxima dedicação e empenho, entregara-lhe Calírroe.

Assim que ouviu o recado, Quéreas acreditou no mesmo instante, já que um homem infeliz é presa fácil de enganos. Enquanto rasgava suas roupas, arrancava os cabelos e golpeava o peito, dizia:

— Desleal Babilônia, terra inóspita, deserta para mim! Que belo juiz! Um cafetão da mulher alheia é o que ele é! Bodas em meio à guerra! E eu me preocupava com o julgamento e acreditava piamente que o justo teria a última palavra. No entanto, fui julgado, estando ausente, e Dionísio venceu, calado. Mas ele não obterá nenhuma vantagem com a vitória, pois Calírroe não continuará viva quando for separada de Quéreas, que sabe ter sobrevivido, mesmo que antes ele a tenha induzido falsamente a pensar que eu estava morto. Por que, então, hesito e não me imolo diante do palácio, derramando o sangue às portas do juiz? Saibam persas e medos como seu rei julgou ali!

Ao ver que a sua situação era desesperadora e que não era possível que Quéreas se salvasse, Policarmo disse:

— No passado, caríssimo, consolei-o e muitas vezes impedi que morresse, mas dessa vez, acho que você está cheio de razão. Assim, abstenho-me de tentar detê-lo, a ponto de estar pronto a morrer ao seu lado. Vamos considerar os modos de morrer, qual seria o melhor. Aquele que você projeta, causa prejuízo ao rei e vergonha no futuro, mas não uma condenação veemente pelo que sofremos. Acho melhor, se a nossa morte está mesmo definida, que nos aproveitemos para tirar vingança contra o tirano. Após tê-lo feito sofrer por meio de ações, belo será forçá-lo a se arrepender e deixar para as próximas gerações a história célebre de dois gregos que, tratados injustamente, castigaram por sua vez o Grande Rei e morreram como homens.

— E como — disse Quéreas — nós dois sozinhos, estrangeiros e sem recursos, podemos castigar um senhor de tantos povos, assim magnífico e detentor da força que testemunhamos? Ele tem guarda-costas e guarda avançada, e mesmo que matássemos um dos dele, mesmo que queimássemos um de seus bens, sequer notaria o dano.

— Sua afirmação estaria correta — disse Policarmo —, se não fosse a guerra. Soubemos agora que o Egito se revoltou, a Fenícia foi capturada e a Síria, invadida. A guerra virá ao encontro do rei antes mesmo de transpor o Eufrates. Não estamos sozinhos, nós dois, mas temos tantos aliados quantos o rei do Egito conduz, tantas armas, tanto dinheiro, tantas trirremes. Façamos uso do poder alheio em prol de nossa vingança!

Ainda não tinha terminado de falar e Quéreas exclamou:

— Ande, vamos logo, é na guerra que condenarei o juiz!

[2]

E assim logo saíram ao encalço do rei, fingindo querer lutar ao lado dele. Graças a essa desculpa, esperavam atravessar o Eufrates com facilidade. Alcançaram o exército na margem do rio e, misturando-se à retaguarda, seguiram com ele. Quando chegaram à Síria, desertaram para o lado egípcio. Capturados, os guardas perguntaram quem eram. Como não tinham insígnia de embaixadores, suscitavam maior suspeita de espionagem. Então também teriam corrido perigo, se não fosse encontrar-se ali por acaso um grego que compreendia sua língua. Pediam para serem levados até o rei, porque traziam grande ajuda a ele. Quando foram levados à sua presença, Quéreas disse:

— Nós somos gregos, de família ilustre em Siracusa. Esse aqui, que é meu amigo, veio à Babilônia por minha causa, e eu, por causa da minha mulher, a filha de Hermócrates, caso tenha ouvido falar de um Hermócrates, o general que venceu os atenienses em batalha naval.

Assentiu o egípcio, pois nenhum povo ignorava o desastre dos atenienses, o revés sofrido na guerra da Sicília.

— Artaxerxes impôs-nos sua tirania — e narrou tudo em detalhe. —Trazemos a nós mesmos e colocamo-nos a seu dispor como leais aliados, tendo dois estímulos para a coragem: desejo de morte e de vingança. Já me havia dado por morto em vista de tudo que passei, mas continuo vivo apenas para castigar o inimigo.

Que eu não morra sem luta e sem glória,
mas após algo grandioso, para que de mim saibam os vindouros![73]

O egípcio gostou do que escutou e, estendendo-lhe a mão direita, disse:

—Você veio em momento oportuno, rapaz, tanto para você quanto para mim.

Imediatamente ordenou que lhes dessem armas e uma tenda e, não muito depois, fez de Quéreas seu comensal e, logo, conselheiro, pois dava provas de inteligência e coragem,

---

73. Citação da *Ilíada*, XXII 304-5.

além de inspirar confiança, já que não era desprovido também de boa índole e educação. Contaram ainda mais e tornaram-no mais notável a rixa com o rei e a vontade de mostrar que não era desprezível, mas digno de respeito.

Logo realizou ação de grande monta. Para o egípcio a conquista das outras regiões deu-se com facilidade e tornou-se senhor de Celessíria a partir de uma investida relâmpago, também tomara posse da Fenícia, exceto de Tiro.[74] Os tírios, cuja raça é naturalmente a mais belicosa, querem conquistar a glória por meio de atos de bravura, cuidando de não envergonhar Héracles, o deus mais notável para eles e ao qual quase unicamente consagraram sua cidade.[75] Sua confiança deve-se também à solidez das edificações. De fato, a cidade está construída em meio ao mar — um acesso estreito a liga à terra firme e a distingue de uma ilha. Parece um barco ancorado com uma ponte levadiça colocada por sobre a terra. De todo lado eles podiam fechá-la ao inimigo com facilidade: uma única porta continha um exército hoplita vindo do mar; as muralhas, uma frota de trirremes, pois a cidade era edificada solidamente e fechada como uma casa por seu porto.

[3]

Depois de todos os vizinhos terem sido capturados, somente os tírios negligenciavam os egípcios, mantendo boa disposição e lealdade para com o rei persa. Em vista disso, o egípcio estava irritado e presidiu uma reunião de conselho. Convocou Quéreas para a reunião pela primeira vez e disse o seguinte:

---

74. Celessíria, ou a Síria profunda ou toda a Síria, designava a região a oeste do Eufrates, excluído o litoral, ou seja, a Fenícia.
75. Héracles foi assimilado pelas populações gregas ao deus semita Melkart.

— Prezados aliados, pois eu não trataria como escravos os meus amigos, contemplem a nossa dificuldade. Como um navio cuja travessia foi tranquila por um bom tempo, fomos pegos agora por um vento adverso: a inexpugnável Tiro retém nosso avanço e o rei nos pressiona, como vocês estão sabendo. Que ação devemos tomar então? Nem é possível capturar Tiro, nem a contornar, porque, como uma muralha, interposta bem no meio do caminho, bloqueia-nos a Ásia inteira. Sou de opinião que o melhor é sairmos daqui o mais rápido possível, antes que as forças persas se somem aos tírios. Arriscamo-nos a ser capturados em terra inimiga. Pelúsio é segura: lá nem tírios, nem medos, nem homem algum que venha atacar-nos, temeremos.[76] O deserto não é transponível, há poucas passagens, o mar é nosso, e o Nilo é amigo dos egípcios.

Depois de ter assim se expressado, com demasiada cautela, silêncio e abatimento tomaram conta de todos. Quéreas foi o único que ousou falar:

— Majestade, pois você é, de fato, um rei, não aquele persa, o pior dentre os homens. Entristece-me que considere a retirada na proximidade da vitória. Vençamos, pois: se os deuses quiserem, não tomaremos apenas Tiro, mas a Babilônia também. Na guerra, muitas vezes existem obstáculos, diante dos quais não se deve em absoluto recuar, mas, ao contrário, enfrentar *tendo sempre como escudo a esperança*.[77] Quanto aos tírios, que hoje riem, vou pô-los a seu dispor, nus e em cadeias. Se não acredita, sacrifique-me e parta, pois enquanto viver não comungarei da retirada. Mas se sua vontade é outra, deixe comigo os que ficarem voluntariamente,

---

76. Pelúsio era uma cidade fortificada do Baixo Egito, situada no delta do Nilo.
77. Citação de Demóstenes, *Oração da Coroa*, 97.

> *nós dois, eu e* Policarmo, *combateremos,*
> *... pois com os deuses viemos.*[78]

Todos envergonharam-se por não seguir o conselho de Quéreas, mas o rei, admirando a sua coragem, concedeu-lhe arregimentar quantos soldados da tropa de elite quisesse. Ele não os escolheu de imediato, mas, infiltrando-se nas tropas e pedindo a Policarmo que fizesse o mesmo, procurou saber se havia gregos alistados. Os que lutavam a soldo revelaram-se numerosos, e ele selecionou lacedemônios, coríntios e outros peloponésios, além de vinte siciliotas. Perfazendo trezentos no total,[79] disse-lhes o seguinte:

— Companheiros gregos, o rei me concedeu o poder de escolher os melhores do exército e eu selecionei vocês. Eu mesmo sou grego, de Siracusa, de estirpe dórica. Devemos destacar-nos não apenas por nossa origem, mas também pela excelência.[80] Ninguém tema a missão para qual eu os convoco, pois a descobriremos possível e até mesmo fácil, mais difícil em palavra do que em ato. Com esse contingente, os gregos resistiram a Xerxes nas Termópilas. Os tírios não somam cinco milhões — um punhado que se vale de desprezo por impostura e não de coragem por prudência. Que eles provem o quanto os gregos diferem dos fenícios! Eu não desejo o posto de general, mas estou pronto a seguir quem quer que queira comandar. Ele descobrirá que obedeço, já que não almejo a minha reputação, mas o bem comum.

---

78. Citação da *Ilíada*, IX 48-9. Note-se que a citação está modificada (em lugar de Estênelo, anota Policarmo) e que o segundo verso está abreviado.
79. Trezentos é um número significativo por remeter aos soldados que lutaram ao lado de Leônidas, célebre general espartano, contra o exército persa liderado por Xerxes nas Termópilas (cerca de 480 a.C.). Cf. Heródoto, *Histórias*, VII 183 e seguintes.
80. Cf. Tucídides, *História da Guerra do Peloponeso*, II 35-37.

E gritaram em uníssono:

— Você comanda!

E ele respondeu:

— Se é a sua vontade, serei seu general e vocês acabam de me dar o comando. Por isso, tentarei fazer tudo de modo a não se arrependerem de sua benevolência e confiança para comigo. No presente, com a ajuda dos deuses, vocês serão distintos e admirados, além de receberem as mais vultosas recompensas dentre os aliados, e, para o futuro, deixarão um nome imortal pela excelência e assim, como todos celebram os que estavam com Miltíades e Leônidas, também saudarão os trezentos de Quéreas.

Ele ainda falava quando todos gritaram "Lidera!" e se lançaram às armas.

[4]

Após tê-los equipado com as mais belas armaduras, Quéreas conduziu-os até a tenda do rei. Ao vê-los, o egípcio admirou-se e julgou contemplar outros homens, não aqueles aos quais estava habituado, e prometeu-lhes presentes vultosos. E Quéreas disse:

— Estamos certos disso, mas mantenha o resto do exército armado e não invista contra Tiro antes de a subjugarmos e, ao escalar suas muralhas, chamarmos por você.

E ele:

— Assim cumpram os deuses!

Em formação cerrada, Quéreas conduziu-os contra Tiro, de modo a aparentarem estar em menor número. E, de fato, era

escudo escorado em escudo, capacete em capacete, homem em homem.[81]

---

81. Citação da *Ilíada*, XIII 131 e XVI 215.

De início nem sequer foram notados pelos inimigos, mas quando estavam próximos, os que estavam nas muralhas viram-nos e deram sinal aos que estavam do lado de dentro, porque esperavam tudo, menos inimigos. Quem teria esperado que em tal número viessem contra uma cidade poderosíssima, contra a qual sequer ousou marchar toda a força do egípcio? Quando se aproximaram das muralhas, perguntaram quem eram e o que queriam. Eis a resposta de Quéreas:

— Somos gregos que lutam a soldo ao lado do egípcio. Como não recebemos pagamento e conspiram para matar-nos, apresentamo-nos a vocês, com o intuito de enfrentar o inimigo comum.

Um dos tírios transmitiu essa mensagem aos de dentro e, abrindo os portões, o general saiu na companhia de uns poucos homens. Quéreas matou-o primeiro e lançou-se contra os demais,

golpeava por todos os lados, e deles partia gemido indigno.[82]

Um trucidava outro, como leões que atacam um rebanho bovino desprotegido. Lamento e pranto tomaram toda a cidade, e, embora poucos tenham presenciado a cena, o alvoroço foi geral.

E a multidão desordenada afluía dos portões por querer acompanhar o que se passava. E foi sobretudo isso que pôs os tírios a perder. Enquanto os de dentro forçavam passagem para sair, os de fora, atingidos e perfurados por espadas e lanças, buscavam refúgio de novo no interior da muralha. E iam de encontro uns contra os outros no espaço estreito, dando muita liberdade aos matadores. E era de todo impossível fechar os portões, já que os cadáveres se acumulavam ali.

---

82. Citação da *Ilíada*, XXI 20; *Odisseia*, XXII 308.

No meio desse tumulto inenarrável, somente Quéreas mantinha o controle de si, forçando passagem contra os que se lhe opunham e, uma vez dentro dos portões, saltou para cima das muralhas, ele e mais nove, e lá do alto sinalizou chamando os egípcios. Eles vieram mais rápido do que levaria para narrar e Tiro foi capturada. Uma vez capturada Tiro, todos os demais festejavam, só Quéreas não fez sacrifícios nem se deixou coroar. Dizia:

— De que me vale celebrar a vitória, se você, Calírroe, não a pode ver? Não mais usarei coroas depois daquela noite de núpcias! Se você estiver morta, seria um ultraje à piedade; se estiver viva, como posso festejar sem você ao meu lado?

E enquanto eles estavam nesse ponto, o rei persa, após atravessar o Eufrates, lançou-se imediatamente ao encalço dos inimigos. Ao ser informado que Tiro fora capturada, temeu por Sídon e pela Síria inteira, ao ver que o inimigo já era parelho na luta. Por isso, decidiu que não seguiria viagem com toda sua comitiva, mas somente com as tropas ligeiras, para que não impedissem o deslocamento rápido. Levou consigo a parte mais destacada do exército e deixou com a rainha os de idade incompatível com o esforço, bem como objetos, vestes e as riquezas reais. Já que a guerra espalhara por toda parte alvoroço e tumulto e até o Eufrates cidades haviam caído, pareceu-lhe mais seguro transferir para Arados os que deixava para trás.[83]

[5]

Essa ilha, que distava trinta estádios do continente, era sede de um antigo templo de Afrodite. Desse modo, como se estivessem em casa, as mulheres transitavam por ali sem receio. Assim

---

83.   Ilha síria ao norte Tiro, a cerca de 3 km da costa. Cáriton anota abaixo 30 estádios, o que daria 5,5 km, já que 1 estádio equivale a cerca de 185 metros.

que Calírroe avistou a estátua de Afrodite, primeiro ficou parada diante dela, quieta e chorosa, censurando a deusa com suas lágrimas; depois, disse com dificuldade:

— Eis-me aqui em Arados, ilha pequena se comparada a minha grande Sicília, e sem ninguém que me seja caro! Basta, senhora! Até onde guerreará contra mim? Se por acaso a ofendi, já se vingou de mim. Se minha beleza maldita lhe pareceu condenável, foi ela a causa de minha ruína! O único dos males que me restava provar, provo agora: a guerra. Diante da combinação dos males atuais, Babilônia me era benévola. Ali, Quéreas estava por perto. Mas agora, ele está morto, sem dúvida. Não teria sobrevivido a minha partida. Mas não tenho a quem perguntar o que aconteceu. Todos são hostis, todos, bárbaros, invejam-me, odeiam-me, e os que me amam são ainda piores do que os que me odeiam. Senhora, revele-me se Quéreas vive!

Dizendo isso, afastava-se. Rodogune postou-se ao seu lado e consolou-a, ela que era filha de Zópiro e esposa de Megabazo, tanto o pai quanto o marido os melhores dentre os persas. Ela foi a primeira mulher persa a receber Calírroe, recém-chegada a Babilônia.

Quando ficou sabendo que o rei estava perto e preparava-se por terra e por mar, o egípcio mandou chamar Quéreas e disse:

— Não tive ocasião de recompensá-lo pela sua primeira ação exitosa. Afinal, você me deu Tiro! Conclamo-o em vista do que está por vir. Não coloquemos a perder os bens que já conquistamos, os quais estou disposto a partilhar com você. A mim basta o Egito; a você caberá a Síria. Vamos, examinemos o que deve ser feito, já que a guerra atinge o ápice em ambas as frentes. Deixo a você a escolha: se quer comandar a infantaria ou a força naval. Suponho que o mar lhe é mais familiar, afinal foram vocês, os siracusanos, que derrotaram a frota ateniense. E o seu combate hoje é contra os persas, que foram derrotados pelos atenienses. Você tem as trirremes egípcias, maiores e mais numerosas que as dos sicilianos. Imite, então, Hermócrates, seu sogro, no mar!

E Quéreas respondeu:

— Qualquer risco é doce para mim. Por você aceito a guerra e para ir contra o meu pior inimigo, o rei. Dê-me, além das trirremes, os meus trezentos homens.

— Tome esses e tantos outros quantos queira — disse.

E de pronto a palavra tornou-se ato, pois a necessidade pressionava. Assim o egípcio, com a infantaria, foi ao encontro dos inimigos, enquanto Quéreas assumiu o comando da frota. Isso, primeiro, foi causa de desânimo nas tropas, por Quéreas não lutar ao seu lado, pois afeiçoaram-se a ele e ficavam otimistas se ele estava em combate. Era como se tivessem arrancado o olho de um corpo de porte descomunal. A frota mantinha elevada a moral e estava cheia de disposição, por dispor do mais corajoso e nobre líder. Não pensavam em outra coisa; tanto trierarcas quanto pilotos, marinheiros e soldados, todos lançaram-se com um ímpeto igual, a ver quem daria primeiro mostras de seu valor a Quéreas.[84]

Nesse dia a batalha transcorreu tanto por terra como por mar. Por muito tempo a infantaria egípcia resistiu a medos e persas, mas, forçados por um grande número de guerreiros, desistiram.[85] E o rei ia atrás deles a cavalo. O egípcio tinha pressa em refugiar-se no Pelúsio; o persa, em capturá-lo o quanto antes. E ele talvez tivesse mesmo escapado, se Dionísio não tivesse dado mostras do ato mais admirável. Também no embate combateu com brilho, sempre lutando perto do rei, para que ele o visse, e foi o primeiro a repelir os que se acercavam dele. Quando houve a longa perseguição emendando dias e noites, vendo o rei aborrecido por causa disso, disse:

— Não se aborreça, meu Soberano. Eu vou impedir que o egípcio escape, se você me der cavaleiros da tropa de elite.

---

84. Cf. Tucídides, II 8.1.
85. Cf. Tucídides, IV 44.1.

O rei concordou e cedeu-os. E ele, levando consigo cinco mil, perfez em um dia o equivalente a duas jornadas e, sem ser esperado, atacou os egípcios durante a noite. A muitos, capturou; mais ainda, matou. O egípcio, pego vivo, suicidou-se, e Dionísio levou sua cabeça até o rei. Diante de tal espetáculo, ele disse:

— Por benfeitor de minha casa, dou-lhe já o presente mais querido, o que deseja acima de tudo, Calírroe por esposa. A guerra julgou o dissídio. Sua bravura dá-lhe posse do mais belo prêmio.

Dionísio prosternou-se e sentiu-se igual a um deus, na certeza de que, agora, era ele o marido de Calírroe.

[6]

E, em terra, foi isso o que se passou; mas, em mar, Quéreas venceu, como se a frota inimiga não estivesse à sua altura: nem resistiu às investidas das trirremes egípcias, nem dispôs as proas para o combate. Umas embarcações deram meia-volta de imediato; outras, levadas em direção à terra, ele capturou com toda a tripulação. E o mar encheu-se de destroços dos navios dos medos. No entanto, nem o rei soube da derrota de seus súditos no mar, nem Quéreas, da dos egípcios em terra, e cada um julgou ter vencido em ambos os elementos.

Naquele dia, em que conduziu a batalha naval, Quéreas, dirigindo-se a Arados, ordenou que seus navios cercassem e vigiassem a ilha [...][86] até que eles próprios prestassem contas ao Soberano. E eles reuniram eunucos e criadagem, além de toda a gente insignificante, na ágora, já que ela era bem espaçosa. Era

---

86. Lacuna significativa no manuscrito, sem suplementação por Reardon e Goold.

tanta gente, que pernoitaram não só nos pórticos, mas também a céu aberto. Os mais distintos, conduziram-nos a um aposento da ágora para que o compartilhassem, onde os arcontes costumavam dar audiência. As mulheres sentaram-se no chão em volta da rainha sem acender o fogo nem provar alimento. Estavam convencidas de que o rei fora capturado, os interesses persas arruinados, e que o egípcio obtivera vitória completa.

Aquela noite caiu sobre Arados agradabilíssima para uns e duríssima para outros. Enquanto os egípcios transbordavam de alegria por terem afastado a guerra e a servidão persa, os persas capturados estavam na expectativa de cadeias e açoites, violência e decapitações, ou, com máxima bondade, servidão. Estatira, com a cabeça nos joelhos de Calírroe, chorava, já que, como grega, bem-educada e não sem experiência em males, era ela quem melhor podia consolar a rainha.

Aconteceu, então, o seguinte. Um general egípcio, a quem fora confiada a guarda dos que estavam no edifício, ao saber que a rainha estava lá dentro, não ousou aproximar-se dela em vista da devoção natural dos bárbaros para com a realeza, e, parado junto à porta fechada, disse:

— Coragem, Soberana! No momento o comandante da frota não sabe que você também está trancada aqui entre os prisioneiros, mas, assim que descobrir, vai tratá-la com bondade, já que não só é corajoso, mas também [...][87]

[*E para Calírroe*]:

---

87. Nova lacuna no manuscrito, de extensão indeterminada, sem suplementação por Reardon. Goold também não suplementa, mas seguindo a sugestão de Hilberg, que deduz o teor da fala por analogia com a *Ciropedia*, 5.1.6 (episódio de Panteia), tenta situar seu leitor com trecho em itálico que traduzo a seguir: "[honrado. O egípcio conta a Quéreas que a rainha está entre os prisioneiros. Ele ordena que ela seja tratada de acordo com sua condição e, ao cumprir a ordem, o egípcio descobre que uma das prisioneiras é extraordinariamente bela. Ao saber disso, Quéreas demonstra desejar vê-la, mas ela

— Ele a fará sua esposa, pois é, por natureza, um apreciador de mulheres.

Ouvindo isso, Calírroe deu um grito lancinante e arrancou os cabelos, dizendo:

— Agora, sim, sou de fato prisioneira! Mate-me antes de anunciar isso. Não suportarei outro casamento, prefiro morrer! Podem me ferir, podem me queimar: daqui não levanto! Esse lugar é minha sepultura. Se, como você afirma, o general é bondoso, que ele me conceda essa graça: que ponha fim aqui a minha vida!

O homem insistia, mas ela não se levantava. Com a cabeça coberta, caiu por terra e deixou-se ficar. O egípcio ficou hesitante sobre o que fazer, já que não ousava levá-la à força, mas não conseguia persuadi-la. Por isso, retirando-se, foi casmurro até Quéreas que, assim que o viu, disse:

— O que houve? Será que estão roubando a mais bela parte do butim? Não se sairão bem dessa!

O egípcio disse então:

— Nada errado, senhor. É só que a mulher, que descobri aos prantos, não quer vir: atira-se no chão, pedindo um punhal e desejando morrer.

Rindo, Quéreas disse:

— Seu grande inábil, você não sabe como uma mulher deve ser cortejada? Com elogios, promessas e, mais que tudo, ao se fingir estar apaixonado. Talvez você tenha empregado a força e o insulto.

— Não, meu senhor — ele disse. — Tudo quanto você fala, fiz mais que dobrado, além de mentir que você a desposaria. E isso foi o que mais a enfureceu.

E Quéreas disse:

---

se recusa. O egípcio, então, tenta persuadi-la, garantindo que seu comandante a tratará bem e que ele aj" fará sua esposa.

— Sou mesmo o favorito de Afrodite e dono de um charme irresistível,[88] se ela, até antes de me ver, me dá às costas e me cumula de ódio! Parece que o coração dessa mulher não é desprovido de nobreza. Não se deve forçá-la a nada, mas deixem ficar como escolher. É do meu feitio honrar a castidade. Talvez ela também guarde luto por seu marido.

LIVRO

VIII

[1]

Como Quéreas, ao supor que Calírroe tinha sido entregue a Dionísio e por querer vingar-se do rei, debandou para o lado do egípcio, e como, após ter sido designado o comandante da frota, dominou o mar e, uma vez conquistada a vitória, tomou Arados, onde o rei havia deixado, além da própria esposa, toda a comitiva e também Calírroe, se esclareceu no relato pregresso.

A Fortuna estava prestes a empreender um ato não apenas extraordinário, mas também soturno: que Quéreas, embora tivesse Calírroe ao alcance da mão, não a reconhecesse e, levando em seus barcos as mulheres de outros homens, se retirasse e deixasse a sua ali sozinha, não como Ariadne adormecida, nem como noiva para Dioniso, mas como butim para seus inimigos.

---

88. A expressão "favorito de Afrodite" (*epaphroditos*) é a alcunha que Sula, general que sela a aliança entre Roma e Afrodísias em 1 a.C., adotou para si, o que sugere uma associação entre ele e Quéreas. Cf. Plutarco, *Vidas Paralelas*, 34.

Afrodite, contudo, achou isso além da conta, pois já estava se reconciliando com ele. De fato, antes, experimentara forte cólera por seu ciúme inoportuno, por ter recebido dela o presente mais belo, como nem sequer Alexandre, dito Páris, recebera, e ter retribuído o favor com ultraje.[89] E já que Eros abraçara a causa de Quéreas, após ele ter vagado do poente ao nascente em meio a inúmeros infortúnios, apiedou-se dele Afrodite. Como desde o princípio uniu sob o jugo a parelha mais bela, após estafá-los por terra e mar, novamente quis devolvê-los aos braços um do outro.

Estou convicto que este último livro será o mais agradável para os leitores, já que eliminará as tristezas dos primeiros. É o fim de piratas, servidão, julgamento, querela, suicídio, guerra e prisão! É a vez de amores justos e casamentos legítimos. Como a deusa esclareceu a verdade e conduziu ao reconhecimento aqueles que se ignoravam, passarei a contar.

Já era noite, mas muitos dos despojos de guerra ainda estavam abandonados.[90] Quéreas, entretanto, levanta-se já arrumado, a fim de dispor sobre a partida. Quando ele passou pela ágora, o egípcio disse-lhe:

— Lá está, senhor, a mulher que não quis vir e deixa-se morrer de fome. Talvez você a convença a se levantar. Por que, afinal, você deve abrir mão da mais bela parte do butim?

Policarmo apoiou a ideia, querendo introduzi-lo a um novo amor, se possível fosse, um consolo para Calírroe.

— Vamos até ela, Quéreas! — disse.

Ao transpor a soleira e contemplá-la, jogada por terra e velada, uma perturbação, decorrente de seu hálito e silhueta,

---

89. Calírroe, o presente mais belo, é comparada favoravelmente a Helena de Troia; Alexandre (ou Páris) é o troiano que a seduz. Por ter decretado a vitória de Afrodite no julgamento do pomo da discórdia, Páris teria obtido Helena como prêmio.
90. Demóstenes, *Oração à Coroa*, 169. Presente também em Q&C, 1.3.

atingiu-o na alma e ele ficou em suspenso. Sem dúvida ele a teria reconhecido, se não acreditasse firmemente que Calírroe fora restituída a Dionísio. Aproximou-se com suavidade e disse:

— Coragem, mulher, quem quer que seja, pois não sofrerá de nossa parte violência alguma. Terá como marido quem você deseja.

Enquanto ele falava, Calírroe reconheceu sua voz e desvelou-se. E a um só tempo ambos exclamaram: "Quéreas!", "Calírroe!". Abraçados, perderam os sentidos e caíram no chão. Sem voz, também Policarmo no início ficou parado diante do inesperado da cena, mas com o passar do tempo disse:

— Recomponham-se, recuperaram um ao outro! Os deuses atenderam suas preces! Lembrem-se que não estão na terra natal, mas em território inimigo. É preciso antes tomar providências para que ninguém os separe novamente.

Enquanto ele falava em alto e bom som, eles, como quem está submerso em um poço profundo, discernindo com dificuldade uma voz lá do alto, lentamente se recompuseram. Olhando um para o outro, beijando-se de novo e de novo, desfaleceram uma segunda e uma terceira vez, uma única frase falando: "Tenho-a em meus braços, se é que você é mesmo Calírroe!", "Se é que você é mesmo Quéreas!".

Correu o rumor de que o comandante da frota encontrara sua esposa. Soldado algum ficou em sua tenda, marinheiro algum na trirreme, vigia algum no posto. De toda parte afluíam, falando sem parar:

— Mulher bendita, é seu o homem mais belo!

Quando Calírroe apareceu, ninguém mais elogiou Quéreas, mas todos os olhos estavam nela, como se só ela existisse. Caminhava imponente, escoltada em meio a Quéreas e Policarmo. Lançavam flores e coroas sobre eles, vertiam vinho e mirra aos seus pés, associavam-se os maiores prazeres da guerra e da paz: canto de vitória e bodas.

Quéreas tinha se acostumado a dormir na trirreme, atarefado noite e dia, mas, então, delegou todas as tarefas a Policarmo e ele mesmo, sem esperar o cair da noite, foi para os aposentos reais — em cada cidade havia uma casa especialmente designada para receber o Grande Rei. Havia ali uma cama trabalhada em ouro, a coberta era tingida com púrpura tíria, os lençóis da Babilônia. Quem poderia descrever aquela noite, repleta de tantas histórias, de tantas lágrimas e número igual de beijos? Calírroe foi a primeira a contar: como voltou à vida na sepultura, como foi tirada de lá por Teron, como transpôs o mar, como foi vendida. Enquanto escutava essas histórias, Quéreas chorava, mas quando o relato chegou a Mileto, Calírroe calou-se, envergonhada; Quéreas foi lembrado de seu ciúme congênito, mas consolou-o a história sobre a criança. Antes de escutar tudo, disse:

— Diga-me como você veio para Arados e onde deixou Dionísio, além da razão de o rei se ocupar de você.

Ela logo revelou que não voltou a ver Dionísio após o julgamento, que o rei se apaixonou por ela, mas que não se uniu a ele e nem sequer o beijou.

Quéreas disse:

— Então fui injusto e presa da raiva, ao ter disposto para o rei tamanhos males sem que ele lhe tivesse feito mal. Afastando-me de você, senti a necessidade da deserção. Mas não a envergonhei. Enchi terra e mar com os troféus de minha vitória.

E contou tudo detalhadamente, orgulhoso de seus sucessos. E quando se saciaram de lágrimas e de histórias, abraçados um ao outro,

entregaram-se contentes ao rito do antigo leito.[91]

---

91. Citação da *Odisseia*, XXIII 296.

[2]

Ainda durante a noite aportou um egípcio, não dos insignificantes, desembarcou e correu para perguntar sobre o paradeiro de Quéreas. Levado até Policarmo, disse que a nenhum outro poderia revelar a mensagem secreta e que o motivo pelo qual viera era urgente. Por muito tempo Policarmo adiou a entrevista com Quéreas, por não querer perturbá-lo em momento tão impróprio, mas visto que o homem pressionava, entreabriu a porta do quarto e informou sobre a emergência. Como bom comandante que era, Quéreas disse:

— Chame-o. A guerra não admite delongas!

Quando o egípcio foi introduzido, ainda estava escuro. Parado junto à cama, disse:

— Saiba que o rei persa matou o do Egito e enviou parte de seu exército para pôr ordem naquele país; a parte restante traz para cá e já está bem próximo. Informado que Arados foi capturada, lamenta-se por toda a riqueza que havia deixado aqui, mas, sobretudo, está angustiado por sua esposa, Estatira.

Assim que ouviu as notícias, Quéreas pulou da cama, mas Calírroe segurou-o, dizendo:

— Para onde vai com tanta pressa antes de refletir sobre a situação? Se a notícia vier a público, você vai declarar uma grande guerra contra você mesmo, pois todos saberão e o terão em pouca conta. Então, estaremos novamente nas mãos do rei e será mais difícil do que antes.

Ele acatou seu conselho rapidamente e saiu do quarto de caso pensado. Levando o egípcio pelo braço, convocou o conjunto das tropas e disse:

— Homens, derrotamos também a infantaria do rei! Esse homem nos traz as boas-novas e cartas da parte do rei egípcio. Devemos zarpar o quanto antes, para onde ele ordenou. Aprontem-se, portanto, e embarquem todos.

Falou e o corneteiro já dava o toque para embarcar nas trirremes. Butim e prisioneiros foram levados a bordo na véspera e nada restava na ilha, a não ser o que fosse pesado ou sem valor. Em seguida soltavam os cordames e levantavam âncoras, o porto encheu-se de grito e alvoroço e cada um se ocupava de uma tarefa. Quéreas foi até as trirremes e entregou aos comandantes ordens secretas de aportar em Chipre, porque agora era preciso capturá-la enquanto ainda estava desguarnecida. Desfrutando de um vento favorável, no dia seguinte chegaram a Pafos, onde havia um templo de Afrodite.

Já haviam ancorado, mas antes que alguém desembarcasse das trirremes, Quéreas enviou primeiro arautos que anunciassem aos habitantes locais paz e trégua. Depois que eles a aceitaram, trouxe à terra toda a força e honrou Afrodite com oferendas. Amealhadas muitas vítimas, ofereceu um banquete para as tropas. Enquanto refletia sobre os próximos passos, os sacerdotes (que também eram adivinhos) anunciaram que o sacrifício tinha sido bem-sucedido. Quéreas ousou então convocar os comandantes das naus, os trezentos que eram gregos, e tantos egípcios quanto via serem favoráveis a ele, e disse-lhes o seguinte:

— Companheiros de armas, amigos, sócios de enormes sucessos, para mim, a paz é o que há de mais belo e a guerra, o de mais certo, quando em sua companhia. Por experiência sabemos que foi por estarmos de acordo que conquistamos o mar, mas o momento grave se apresenta para que deliberemos sobre a segurança futura. Saibam, pois, que enquanto o egípcio foi morto em combate, o rei controla todo o país e nós estamos presos em meio a inimigos. Será que alguém é de opinião que devemos ir até o rei e colocarmo-nos em suas mãos?

De imediato exclamaram em uníssono que tudo deviam fazer exceto isso.

— Aonde, então, iremos? Tudo nos é hostil e nem mesmo convém confiar no mar, uma vez que a terra está sob controle de nossos inimigos. Não podemos voar, afinal!

Em meio ao silêncio geral, um lacedemônio, parente de Brásidas,[92] forçado a deixar Esparta, ousou falar primeiro:

— Por que buscamos um lugar onde possamos escapar do rei? Temos o mar e trirremes, e os dois juntos nos levam a Sicília e, nela, a Siracusa, onde não teríamos que temer nem os persas, nem os atenienses.

Todos aprovaram essas palavras, só Quéreas fingia não ser da mesma opinião, alegando a duração da viagem, mas, na verdade, testava quão seguros estavam. Como insistiram enfaticamente e já queriam zarpar, disse:

— Gregos, vocês tomaram a boa decisão e sou-lhes grato pela lealdade e confiança. Não vou deixar que se arrependam, se os deuses os protegerem. Há aqui, contudo, muitos egípcios, que não convém obrigar a partir contra a vontade, pois que a maioria tem mulheres e filhos, aos quais não seria agradável dar adeus. Espalhem-se rápido na multidão e auscultem cada um, para que levemos conosco apenas os que estão de acordo.

[3]

Segundo suas ordens, assim foi. Enquanto isso, Calírroe tomou Quéreas pela mão e, retirando-se em sua companhia apenas, disse:

— O que você decidiu, Quéreas? Levar tanto Estatira quanto a bela Rodogune para Siracusa?

Quéreas corou e disse:

— Não as levo por minha causa, mas sim para serem criadas suas.

Calírroe exclamou:

---

92.   Brásidas foi general espartano durante a Guerra do Peloponeso, mencionado várias vezes por Tucídides.

— Não permitam os deuses que eu seja tomada por tamanha loucura, a ponto de ter por escrava a rainha da Ásia! E, ainda por cima, depois de ter sido sua hóspede! Mas se você quer me agradar, envie-a ao rei (e Rodogune, ao seu marido), já que ela cuidou de mim para você como se lhe tivesse sido confiada a mulher de seu irmão.

E disse Quéreas:

— Não há desejo seu que eu não realizaria. De fato, é você a senhora de Estatira e de todo o butim, além e antes de tudo, de minha vida!

Calírroe alegrou-se e o beijou. Logo pediu aos oficiais que a levassem até Estatira.

A rainha estava em companhia de outras mulheres persas de escol, no porão de um navio, e nada sabia do que se passara, nem mesmo que Calírroe reencontrara Quéreas. Era objeto de grande vigilância e não era permitido a ninguém se aproximar, vê-la ou dar notícia dos últimos acontecimentos. Quando Calírroe chegou ao navio, escoltada por um trierarca, surpresa e alvoroço imediatamente tomaram conta de todos que prontamente acorreram. Então, em voz baixa, um comentou com outro:

— A mulher do comandante da frota está aqui!

Estatira suspirou longa e profundamente e disse, chorando:

— Fortuna, você me guardou até esse dia para que eu, rainha, contemple minha senhora! E ela está aqui provavelmente para ver que tipo de escrava lhe coube.

Principiou o lamento sobre sua sorte e compreendeu o que o cativeiro significa para os de alta estirpe. Mas, rapidamente, o deus produziu a mudança. Calírroe correu para Estatira e a abraçou. Disse:

— Salve, rainha, pois rainha você é e para sempre permanecerá! Você não caiu em mãos inimigas, mas sim nas de uma querida amiga, que foi objeto de sua bondade. Quéreas, o meu Quéreas, é o comandante da frota. Fê-lo comandante da frota egípcia a raiva contra o rei, por ter ele retardado a minha restituição. Põe-lhe agora um fim, reconcilia-se com ele e não mais é seu inimigo. Levante-se, querida amiga, e parta feliz. Recupere também seu marido, pois o rei está vivo e é para ele que Quéreas a envia. Levante-se você também, Rodogune, minha primeira amiga entre as persas, e vá até seu marido, e, da mesma forma, quantas mulheres a rainha quiser. Lembrem-se de Calírroe!

Estatira ficou perplexa ao ouvir essas palavras. Não sabia se mereciam crédito ou descrédito, mas o caráter de Calírroe era tal que ela não a achava capaz de brincar em meio a tamanho infortúnio.

A ocasião demandava pronta ação. Estava entre os egípcios um certo Demétrio, um filósofo, conhecido do rei. Avançado em idade, ele distinguia-se dos demais egípcios pela educação e caráter. Quéreas chamou-o e disse:

— Eu bem que gostaria de levá-lo comigo, mas confiarei a você uma missão da maior importância: enviarei a rainha ao Grande Rei por seu intermédio. Com isso, você será apreciado por ele e conquistará o perdão para os demais.

Assim falou e designou Demétrio comandante das trirremes que retornariam. De fato, todos queriam seguir com Quéreas e preferiam-no à terra natal ou aos filhos. Ele, contudo, escolheu somente vinte trirremes, as melhores e maiores, porque iria cruzar o mar Jônio. Nelas embarcou todos os gregos, quantos ali estavam, e quantos egípcios e fenícios que avaliou que estavam em melhor forma. Embarcou também muitos dos cipriotas que quiseram ir; todos os demais mandou de volta para casa, após distribuir entre eles parte do butim, para que regressassem satisfeitos para os seus, tornando-se apreciados. E ninguém dos que fizeram demandas a Quéreas ficou descontente.

Calírroe entregou para Estatira todas as joias que pertenciam ao rei, mas ela não quis aceitá-las e disse:

— Enfeite-se com elas! Convém a um corpo assim joias dignas de reis. Você precisa delas para presentear sua mãe e fazer oferenda aos deuses pátrios. Eu deixei para trás muitas mais na Babilônia. Que os deuses concedam-lhe chegar sã e salva e nunca mais ser separada de Quéreas! Você me tratou da forma mais justa, demonstrou ter um caráter nobre, digno de sua beleza. Lindo penhor me confiou o rei!

[4]

Quem poderia relatar quantas ações transcorreram naquele dia e a sua variedade? Uns faziam preces, outros preparativos, alegravam-se, afligiam-se, davam-se ordens, escreviam para casa... Quéreas escreveu a seguinte carta para o rei:

> Você hesitava em dar o veredito, mas eu obtive a vitória na mais justa das cortes, pois a guerra é melhor juiz entre o forte e o fraco. E ela me entregou não apenas Calírroe, minha mulher, mas também a sua. Não imitei a sua lentidão; prontamente, sem que você a tenha reclamado, restituo-lhe Estatira, imaculada e cuja dignidade de rainha foi preservada no cativeiro. Saiba que não sou eu que lhe envio esse presente, mas sim Calírroe. Em troca, pedimos o favor de reconciliar-se com os egípcios. Mais que tudo, convém a um rei a tolerância. Terá a seu dispor bons soldados, devotados. Preferiram permanecer a seu lado do que seguir em minha companhia na condição de amigos.

Enquanto Quéreas escrevia essa carta, Calírroe achou por bem, em sinal de seu reconhecimento, escrever também a Dionísio. Isso, e apenas isso, fez sem o conhecimento de Quéreas, pois, sabendo de seu ciúme inato, empenhou-se em mantê-lo em segredo. Pegou seu bloco e grafou assim:

Calírroe saúda Dionísio, seu benfeitor, pois devo a você a libertação dos piratas e da escravidão. Peço-lhe: não me guarde rancor. Estou com você em espírito através do filho que temos em comum, que lhe confio para que crie e eduque de forma digna de nós. Não tome uma madrasta para ele. Não somente você tem um filho, mas também uma filha. Dois filhos é o bastante. Promova o casamento deles, quando ele se tornar adulto, e mande-o a Siracusa, para que visite seu avô.[93] Mando-lhe lembranças, Plangona. É de mão própria que escrevo essas palavras para você. Fique bem, meu bom Dionísio! E lembre-se da sua Calírroe.

Após selar a carta, escondeu-a junto ao seio e, quando estavam prestes a partir e todos deviam embarcar nas trirremes, deu a mão a Estatira e conduziu-a a bordo. Demétrio fez erguer no navio uma tenda majestosa, cobrindo-a com tapetes babilônios urdidos em púrpura e ouro. Após fazê-la sentar-se cerimoniosamente, Calírroe disse:

— Adeus, Estatira! Lembre-se de mim e sempre escreva para Siracusa, pois tudo é fácil para o rei! Serei reconhecida a você junto aos meus pais e aos deuses gregos. Confio a você o meu filho, para quem olhou com carinho. Imagine que ele lhe foi dado como penhor em meu lugar.

Disse isso, lágrimas afluíram e principiou-se o lamento entre as mulheres. Quando ia deixar o navio, Calírroe aproximou-se discretamente de Estatira e, corando, entregou-lhe a carta dizendo:

— Entregue ao pobre Dionísio, que confio a você e ao rei. Consolem-no! Tenho medo que, longe de mim, cometa suicídio.

---

93. Dionísio tinha uma filha da primeira mulher. O casamento entre meios-irmãos era permitido entre os gregos.

As mulheres teriam ainda conversado mais, chorado e abraçado uma a outra, se os pilotos não tivessem anunciado a partida.

Quando Calírroe ia subir em sua trirreme, ajoelhou-se diante de Afrodite e disse:

— Senhora, agradeço o que hoje tenho. Já que se reconciliou comigo, concede-me também ver Siracusa! Há tanto mar entre nós e um oceano assustador me aguarda! Mas, não temerei, se você navegar ao meu lado.

Nenhum dos egípcios subiu nos navios de Demétrio antes de despedir-se de Quéreas e beijar-lhe a cabeça e as mãos, tamanha atração exercia sobre todos. E permitiu que a frota deles partisse primeiro, para, até que já estivessem distantes no mar, escutar elogios mesclados a preces.

[5]

Enquanto eles navegavam, o Grande Rei, após ter subjugado os inimigos, enviou ao Egito um encarregado para restabelecer a ordem e, em pessoa, foi a toda pressa para Arados, ao encontro de sua mulher. Quanto ele estava no litoral de Tiro e sacrificava a Héracles para agradecer a vitória, aproximou-se um mensageiro: "Arados foi saqueada e encontra-se vazia, tudo que nela havia levaram os navios egípcios". Grande foi a dor do rei diante do anúncio da perda da rainha. A nobreza persa lamentava e

Estatira era o pretexto, mas cada qual, suas próprias mágoas,[94]

---

94. Citação da *Ilíada*, xix 302, levemente modificada com a substituição de Pátroclo por Estatira.

um, a mulher; outro, a irmã; outro ainda, a filha; todos lamentavam alguém, cada qual, um parente. Ignorava-se o paradeiro dos inimigos, por quais mares navegavam.

    No dia seguinte avistaram naus egípcias que se aproximavam. Não sabiam a verdade e admiravam-se com a visão dos barcos. Aumentava ainda mais sua perplexidade o estandarte real, hasteado a partir do navio de Demétrio, já que o costume era que fosse hasteado somente quando o rei estivesse a bordo. Isso foi causa de tumulto, já que se tratava de inimigos. E logo relataram a Artaxerxes o que viram: "Talvez tenham encontrado um outro rei para os egípcios". Ele pulou do trono e foi a toda pressa para o mar e deu o sinal de guerra. Como não tinha trirremes com ele, toda a força colocou-se junto ao porto preparada para a batalha. Já havia quem tendesse o arco e estivesse a ponto de arremessar a lança, caso Demétrio não tivesse percebido e contasse à rainha. Saindo para frente da tenda, Estatira fez-se visível. De imediato a tropa baixou armas e prosternou-se. E o rei não se conteve: antes mesmo que o navio atracasse em segurança, foi o primeiro a saltar para ele e, abraçando a mulher, derramou lágrimas de alegria e disse:

    — Quem dentre os deuses devolveu-a a mim, esposa amada? As duas coisas são incríveis: a rainha estar perdida e ter sido encontrada após ter sido dada por perdida! E como, se a deixei em terra, eu a recebo do mar?

    Estatira respondeu:

    — Sou um presente da parte de Calírroe.

    O rei, ao ouvir o nome, como em uma ferida antiga, recebeu um novo golpe. E olhando para Artaxates, o eunuco, disse:

    — Leve-me até Calírroe, para que eu possa lhe agradecer.

    Estatira disse:

    — Saiba tudo por mim.

    E juntos foram do porto até os aposentos reais. Após ordenar que todos se afastassem e somente o eunuco ficasse, contou sobre o que se passou em Arados, em Chipre e, por fim, entregou a carta de Quéreas. Ao lê-la, o rei foi tomado por um sem número de sentimentos: tinha raiva pela captura do que lhe era mais caro, arrependia-se por ter-lhe dado motivos de defecção, estava agradecido a ele porque [devolvera a rainha, estava aflito porque]⁹⁵ não mais poderia contemplar Calírroe. Acima de tudo, ardia de ciúmes dele e dizia:

— Bendito seja Quéreas, que é mais feliz do que eu!

Quando se fartaram de relatos, Estatira disse:

— Console Dionísio, rei. Esse é um pedido de Calírroe para você.

Artaxerxes voltou-se para o eunuco e disse:

— Que Dionísio venha até aqui!

E ele veio rapidamente, cheio de esperança, pois nada sabia acerca de Quéreas e pensava que Calírroe estava com as outras mulheres, e que o rei o chamara para restituir-lhe a esposa, prêmio por sua façanha militar. Quando foi admitido, o rei relatou-lhe tudo o que se passara desde o início. Naquela ocasião Dionísio deu prova de sensatez e de sua educação distinta. Como quem, se um raio tivesse caído a seus pés, não se deixasse perturbar, assim, enquanto ouvia as palavras mais duras de que Quéreas reconduzia Calírroe para Siracusa, fingia. Permanecia firme, contudo, e não julgava seguro lamentar-se quando a rainha tinha se salvado. Artaxerxes disse:

— Se eu pudesse, te devolveria Calírroe, Dionísio, já que você deu mostras de boa vontade e lealdade para comigo. Isso sendo impossível, dou-te o governo de toda a Jônia e o título de benfeitor da casa real.

---

95. Lacuna no manuscrito, com suplementação de D'Orville, adotada por Goold, mas somente indicada por Reardon no aparato (ele, contudo, atesta a lacuna). Sem a suplementação, a ideia seria de que o rei estava feliz por Quéreas tê-lo privado de Calírroe, o que não parece ter suporte no texto.

Dionísio ajoelhou-se e, agradecendo os favores, partiu apressadamente e entregou-se às lágrimas. No momento em que saía, Estatira entregou-lhe discretamente a carta.

Após voltar para casa e trancar-se no quarto, ao reconhecer a letra de Calírroe primeiramente beijou a carta. Em seguida abriu-a e colou-a ao peito, como se fora a remetente, e por muito tempo a reteve ali, sem poder ler por causa das lágrimas. Soluçando muito, começou a ler com dificuldade e antes de mais nada beijou o nome "Calírroe". Quando chegou a "Dionísio, seu benfeitor", disse:

— Ai, ai! Não mais *marido*! Você é agora "o meu benfeitor"! O que afinal eu fiz a você para merecer isso?

Ele gostou da carta de explicação e lia muitas e muitas vezes aquelas palavras, pois insinuavam que ela o havia deixado contra vontade. Eros é assim leviano e persuade facilmente quem ama de que é correspondido. Contemplando o menino e, *embalando-o em seus braços*,[96] disse:

— Você também vai me abandonar um dia, filho, em busca de sua mãe, pois ela já deixou tudo ordenado. E eu viverei sozinho, o grande culpado de tudo que aconteceu! Destruíram-me ciúmes vãos[97] e você, Babilônia!

Dizendo isso, iniciou com avidez os preparativos para retornar à Jônia, acreditando encontrar grande consolo na longa jornada, no comando de muitas cidades e nas imagens de Calírroe em Mileto.

---

96. Referência à *Ilíada*, VI 474.
97. O manuscrito principal atesta *kainê*, novo, que Reardon mantém. Contudo, o papiro Tebano traz *kenê*, vão, adotado por muitos editores da obra, Goold inclusive. A segunda opção parece fazer mais sentido: "ciúmes vãos".

[6]

Enquanto na Ásia as coisas transcorriam desse modo, Quéreas perfez com sucesso a viagem até a Sicília — sempre com ventos favoráveis à popa —, e, como dispunha de barcos de grande porte, cruzou pelo alto-mar, temeroso que sobreviesse novamente o ataque de uma divindade cruel. Quando Siracusa se fez visível, ordenou aos comandantes que adornassem as trirremes e navegassem em formação (o mar estava calmo).

Assim que os habitantes da cidade as avistaram, um disse:

— De onde são as trirremes que se aproximam? Será que são áticas? Vamos, avisemos Hermócrates!

E avisaram-no imediatamente:

— General, aconselhe sobre o que fazer! Fechamos o porto ou liberamos o acesso? Não sabemos se a frota que segue é maior, se as que avistamos são as que vêm à frente.

Hermócrates correu da ágora até a beira-mar e enviou uma embarcação dotada de remos ao encontro deles. O emissário, quando chegou perto, quis saber quem eram e Quéreas pediu que um dos egípcios respondesse:

— Somos comerciantes, navegamos desde o Egito trazendo mercadorias que alegrarão os siracusanos.

Ele replicou:

— Não naveguem em formação cerrada até que saibamos se falam a verdade. Não vejo navios mercantes, mas sim longos, como se fossem trirremes de guerra. Assim, que permaneça a maior parte fora do porto, esperando, e que uma única adentre.

—Vamos fazer assim.

Então a trirreme de Quéreas ingressou primeiro. Trazia no convés uma tenda recoberta com tapeçarias babilônias. Quando ancorou, todo o porto já estava tomado de gente. Já é natural que a multidão seja bisbilhoteira e, naquela ocasião, havia ainda mais razões para acorrer. Quando viram a tenda ali, julgaram que não guardava homens, e sim mercadorias preciosas. Cada qual se entregou à adivinhação, imaginando tudo, exceto a verdade. Também era incrível, já que estavam persuadidos de que Quéreas estava morto, pensar que estava vivo e navegara de volta com tamanhas riquezas.

Os pais de Quéreas nem saíram de casa; Hermócrates era o governante e, embora estivesse de luto, estava presente, apesar de quase não se fazer notar. Todos estavam atônitos e espichavam os olhos quando as tapeçarias foram puxadas de repente e Calírroe ficou à vista, reclinada em um divã lavrado em ouro, vestida com púrpura tíria. Quéreas estava sentado a seu lado, com as insígnias de general. Jamais trovão algum golpeou assim os ouvidos, jamais relâmpago atingiu os olhos dos que assistiam, nem quem encontrou um tesouro de peças de ouro deu gritos tamanhos como então o povo diante da visão inesperada, superior aos relatos. Hermócrates lançou-se para dentro da tenda e, abraçando a filha, disse:

— Filha, você está mesmo viva ou tudo não passa de uma ilusão?

— Estou, pai! Vivo agora de verdade, que posso contemplá-lo vivo.

Todos choravam de alegria.

Enquanto isso, Policarmo conduziu ao porto as outras trirremes. A ele fora confiada a frota desde Chipre porque Quéreas não mais era capaz de dedicar seu tempo a nada senão unicamente a Calírroe. Rapidamente o porto ficou cheio e havia o mesmo clima de depois da batalha naval contra Atenas. Também essas trirremes retornavam da guerra coroadas, comandadas por um general de Siracusa. Misturavam-se as vozes dos que saudavam no mar com a dos que o faziam em terra e, de novo, daqueles com os que estavam no mar. Bons votos, louvores e preces estreitavam-se de ambos os lados.

Nesse meio-tempo chegou o pai de Quéreas, carregado (desmaiara diante da alegria extraordinária). Os rapazes de mesma idade e os companheiros de ginásio avançavam uns sobre os outros, querendo abraçar Quéreas; as mulheres, Calírroe. Eram de opinião que ela estava ainda mais bela, de modo que você teria afirmado sem sombra de dúvida que via Afrodite emersa do mar.

Quéreas foi até Hermócrates e seu pai e disse:

— Aceitem de minha parte a riqueza do Grande Rei.

E logo mandou que descarregassem prata e ouro, em quantidade incalculável; em seguida, exibiu aos siracusanos marfim, âmbar, vestes e tudo que há de mais precioso na arte em madeira, inclusive o leito e a mesa do Grande Rei. Assim, toda a cidade ficou tomada, não como antes, depois da guerra contra a Sicília, de penúria ática, mas — eis a novidade — de butim dos medos em tempos de paz.

[7]

A massa gritou em uníssono:

— Para a assembleia!

Desejavam, de fato, ver e ouvi-los. Mais rápido do que se pode contar, o teatro encheu-se tanto de homens quanto de mulheres. Quando Quéreas entrou sozinho, elas e eles, todos, gritaram: "Convoque Calírroe!". Hermócrates também nisso cedeu ao povo, fazendo entrar a filha.

Primeiro, o povo, olhos voltados para o céu, dava louvores aos deuses e agradecia mais por esse dia do que por aquele, o da vitória; em seguida, dividiram-se: os homens aclamavam Quéreas; as mulheres, Calírroe; e, novamente, os dois em uníssono. E isso era, para eles, ainda mais prazeroso.

Exausta com a viagem e as angústias vividas, assim que Calírroe saudou sua cidade, levaram-na do teatro. Mas a multidão reteve Quéreas, querendo ouvir todo o relato da viagem. E ele começou pelo final, já que não queria afligir a gente com os episódios sombrios do começo. O povo, contudo, insistia:

— Por favor, comece do princípio. Conte-nos tudo, sem deixar nada de lado!

Quéreas hesitava, como que envergonhado com muito do acontecido contrário à moral, e Hermócrates disse:

— Não tenha vergonha, filho, mesmo se deva dizer algo que nos seja penoso ou amargo: o final é luminoso e obscurece tudo o que veio antes. Além disso, o que não é dito gera suspeita ainda mais grave do que o próprio silêncio. Você fala diante de sua cidade natal e de seus pais, cuja afeição para com vocês dois é equivalente. O começo da narrativa também já é de conhecimento do povo, pois ele próprio patrocinou seu casamento. Como, por ciúmes, reagiu diante do plano mentiroso dos demais pretendentes e, em má hora, golpeou a mulher, todos sabemos. Bem como que, julgando-a morta, enterrou-a suntuosamente e que, levado à corte por homicídio, pleiteou a própria condenação, por desejo de morrer com a esposa. Mas o povo o absolveu, ciente de que o ato foi involuntário. O que veio depois, que o ladrão de tumbas Teron a violou durante a noite e, encontrando Calírroe viva, embarcou-a com todas as demais oferendas fúnebres no seu barco pirata e vendeu-a na Jônia; que você, que partira à procura da esposa, não a encontrou, mas, topando no mar com o navio pirata, surpreendeu os outros bandidos mortos pela sede e, sendo Teron o único sobrevivente, conduziu-o à assembleia; e que ele, após ter confessado sob tortura, foi crucificado; e que a cidade despachou uma trirreme e embaixadores atrás de Calírroe; e que voluntariamente seu amigo Policarmo zarpou com você; isso sabemos. Você deve nos contar o que transcorreu depois que a nau partiu daqui.

E partindo desse ponto, Quéreas deu início ao relato:

— Cruzamos o mar Jônio em segurança e aportamos nas terras de um milésio de nome Dionísio, que sobrepujava todos os jônios em riqueza, nobreza e reputação. Foi esse o homem que comprara Calírroe de Teron por um talento. Não temam! Não a fez escrava, pois logo designou a recém-comprada sua senhora e, embora tomado de paixão, não ousou violar a moça bem-nascida, tampouco se atrevia a enviar de volta a Siracusa aquela que amava. Quando Calírroe se deu conta que estava grávida de mim, desejosa de preservar para vocês um cidadão livre, foi forçada a contrair bodas com Dionísio, fazendo cálculos com o nascimento do filho, para que parecesse ter sido concebido por ele e para que a criança tivesse uma criação digna. Um cidadão siracusano rico, caros siracusanos, está sendo educado para vocês em Mileto por um homem notável — sim, de fato, ele pertence a uma notável estirpe grega. Não devemos invejá-lo por sua grande herança!

[8]

— Entretanto, só soubemos dessas coisas mais tarde. Então, após termos aportado naquelas terras, vi uma estátua de Calírroe no templo e me enchi de esperança, mas durante a noite piratas frígios nos atacaram à beira-mar e incendiaram a trirreme, sacrificaram a maior parte dos tripulantes, aprisionaram a mim e a Policarmo e venderam-nos na Cária.

A massa rompeu num lamento pelo sucedido; Quéreas disse:

— Permitam-me calar sobre o que vem depois: é ainda mais sombrio do que o aconteceu antes.

O povo exclamou:

— Conte tudo!

E ele contou:

— Aquele que nos comprou, um escravo de Mitrídates, o general cário, nos mandou cavar acorrentados pelos pés. Depois que parte dos prisioneiros assassinou o capataz,

Mitrídates ordenou que todos nós fôssemos crucificados. Enquanto eu me deixava levar, Policarmo, prestes a ser torturado, disse meu nome e Mitrídates reconheceu-me, pois aconteceu de ser hóspede de Dionísio em Mileto e estava presente quando Quéreas foi sepultado — pois quando Calírroe ficou sabendo sobre a trirreme e os piratas, supondo que eu estivesse morto, ergueu em minha memória um túmulo suntuoso. Com presteza, Mitrídates ordenou que me baixassem da cruz quando eu já quase findava, e nos incluiu entre seus amigos mais caros. Empenhou-se por restituir-me Calírroe e fez com que eu lhe escrevesse. Por descuido do portador, o próprio Dionísio recebeu a carta. Não acreditava que eu estivesse vivo, mas sim que Mitrídates tinha planos de seduzir sua esposa. E, assim, enviou sem demora ao rei uma denúncia de adultério contra ele. O rei aceitou a causa e chamou todos à sua presença. Assim fomos até a Babilônia. Enquanto Dionísio levou Calírroe e fez com que ficasse famosa e fosse admirada em toda a Ásia, Mitrídates conduziu-me para lá. Quando lá chegamos, apresentamos a causa principal diante do rei. Mitrídates foi logo absolvido, mas entre mim e Dionísio o rei anunciou necessidade de novo veredito que dispusesse sobre a posse da mulher e, enquanto isso, Calírroe foi confiada a Estatira, a rainha.[98] Vocês têm ideia, caros siracusanos, de quantas vezes planejei a minha morte quando me via separado de minha esposa? Ah, se Policarmo não tivesse me salvado... ele que foi meu único amigo, leal dentre todos!

---

98. A causa principal versava sobre a denúncia de adultério, ou corrupção de esposa, e tinha por réu Mitrídates. Uma vez que se provou que a carta não fora adulterada, mas antes escrita pelo próprio Quéreas, que faz uma aparição espetacular na corte, o processo se encerra com a absolvição do sátrapa. Em decorrência dessa revelação, cria-se a necessidade de novo julgamento, que disponha sobre a quem compete, de fato, a posse da esposa, que passa a ser reclamada por dois maridos. Essa é a causa secundária. Cf. Q&C, v.4.

E, de fato, o rei negligenciava a causa, já que ardia de amor por Calírroe! Ele, contudo, nem por persuasão nem por violência a teve. Em boa hora o Egito sublevou-se e moveu-lhe uma guerra de grande gravidade, mas que, para mim, foi causa de muitos benefícios. Enquanto a rainha levava Calírroe consigo, eu, dando ouvido a falsas notícias de um que dizia que ela fora restituída a Dionísio, desejoso de vingar-me do rei, desertei para o lado egípcio e prestei grandes serviços. E, de fato, eu, em pessoa, capturei a inexpugnável Tiro e, tendo sido designado comandante da frota, combati o Grande Rei por mar, apoderando-me de Arados. Era ali que o rei havia deixado a rainha e as riquezas, que têm agora diante dos olhos. Então, eu podia ter designado o rei egípcio senhor de toda a Ásia, caso, longe de mim, ele não tivesse sido morto em combate. A partir daí, fiz do Grande Rei um amigo para vocês, após eu lhe ter agraciado a esposa e ter mandado de volta as mães, irmãs, esposas e filhas da nobreza persa. E eu conduzi para cá os gregos mais valorosos e, dentre os egípcios, os que quiseram vir. Virá também uma outra frota sua desde a Jônia e a trará o neto de Hermócrates.

Os votos de todos acompanharam suas palavras. Quando Quéreas pôs um fim às exclamações, continuou:

— Diante de vocês, eu e Calírroe expressamos nossa gratidão a meu amigo Policarmo. De fato, ele demonstrou boa vontade e total lealdade para conosco. E, se lhes parecer bem, vamos dar-lhe por esposa a minha irmã e, como dote, receberá parte do butim.

E o povo manifestou-se a favor da proposta:

— Ao bom Policarmo, amigo leal, o povo é reconhecido! Você é benfeitor da pátria, digno de Hermócrates e Quéreas!

Depois disso, Quéreas ainda falou novamente:

— E esses trezentos, nascidos gregos, minha tropa valorosa, peço a vocês que os façam cidadãos.

Novamente o povo aprovou:

— São dignos de exercer a cidadania conosco! Que a matéria seja posta em votação!

Redigiram um decreto, e eles imediatamente tomaram assento e passaram a fazer parte da assembleia. Quéreas ainda presenteou cada um com um talento, e, para os egípcios, Hermócrates distribuiu lotes de modo que pudessem cultivá-los.

Enquanto a multidão estava no teatro, Calírroe, antes de ir para casa, foi ao templo de Afrodite. Tocando-lhe os pés e pousando sobre eles o rosto, com os cabelos soltos, beijou-os e disse:

— Sou grata, Afrodite. Uma vez mais mostrou-me Quéreas em Siracusa, quando, ainda donzela, foi por vontade sua que o vi. Não a censuro, senhora, pelo que passei; era o meu destino. Rogo: não mais me separe de Quéreas; tanto uma vida feliz quanto uma morte em comum nos conceda.

Tal relato redigi a respeito de Calírroe.[99]

---

99. Na sentença final, Cáriton emprega o mesmo verbo que Tucídides, no início de *História da Guerra do Peloponeso*, elege para designar sua escrita: *synegraphé*, compor por escrito.

POSFÁCIO

Tudo está bem quando acaba bem: o final feliz no romance grego

> "Se o começo for mais sombrio, não fique ansioso ou aflito;
> espere até ouvir tudo, pois para você o final é feliz."
> (Q&C, III.9)

Quéreas e Calírroe cumpre importante papel na consolidação dos paradigmas que nortearam o desenvolvimento do romance antigo em sua vertente amorosa (*ideal love novel*). Seu autor parece bastante cônscio da importância da contribuição que tem a dar. Apenas ele, dentre os cinco romancistas cujas obras nos alcançaram íntegras e compõem o cânone antigo do gênero, apresenta-se no início de seu livro, reivindicando a autoria daquela narrativa que busca circunscrever (1.1):[1] "Eu, Cáriton de Afrodísias, secretário do orador Atenágoras, vou narrar uma história de amor que aconteceu em Siracusa".

A oração inicial, já examinada no prefácio, é claramente modelada a partir das aberturas dos relatos historiográficos, trazendo o nome do autor (Cáriton), sua cidadania (cidadão

---

1. Pertencem a essa categoria cinco obras, compostas entre os séculos I e IV d.C.: *Quéreas e Calírroe*, de Cáriton (I. d.C.); *Efesíacas* ou *Ântia e Habrócomes*, de Xenofonte de Éfeso (II d.C.); *Dafnis e Cloé*, de Longo (II d.C.); *Leucipe e Clitofonte*, de Aquiles Tácio (II d.C.), e *As etiópicas*, de Heliodoro (IV d.C.).

de Afrodísias), sua ocupação (secretário de um orador), a natureza de sua obra (narrativa), seu teor (uma história de amor). Importantes para delimitar a poética do gênero são essas duas últimas informações: a de que se trata de uma narrativa, a cargo de um profissional da escrita; e a de que seu objeto será uma "paixão amorosa".

O verbo *diegeomai* (narrar) coloca o relato no âmbito do *diegema* (narrativa, διήγημα). Como observa Brandão, a maneira como o autor denomina seu ofício não é irrelevante, pois constitui "o primeiro dado de enquadramento da obra", permitindo ao leitor "adequar suas expectativas às intencionalidades do texto".[2] Assim, o *diegema* contrasta com o *aoide* (canto), que caracteriza a poesia épica, e confina com a *apodeixis* (exposição) e a *symgraphe* (registro escrito), definidoras do relato de natureza histórica. Depreende-se do texto de Cáriton que o ato narrativo esteja vinculado a uma composição escrita e em prosa, ficcional (embora possa mimetizar um gênero comprometido com a verdade, como a história), cuja função é notadamente estética, ou seja, "voltado para provocar prazer no leitor, um prazer decorrente da forma como o narrado se constrói ao longo de livros em que, de maneira variada e surpreendente, se sucedem inúmeras ações, movidas pelo acaso que preside a vida de cada um".[3]

Essa narrativa vai ter como centro um *pathos erotikon* (πάθος ἐρωτικόν), que traduzi ora por história de amor, ora por paixão amorosa. Nenhuma das duas soluções, no entanto, revela o que há por trás de *pathos*, termo que descreve tudo aquilo que se experimenta ou o que afeta o espírito, especialmente as emoções. Como precisa J. L. Brandão,[4]

---

2. Jacyntho Lins Brandão, *A invenção do Romance* (Brasília: UNB, 2005), p. 180.
3. Id. Ibid., p. 203.
4. Id. Ibid., pp. 182-3.

[...] *pathos* pertence a um grupo de palavras etimologicamente definido, em que o dado semântico principal parece ser a ideia de passividade, de afecção que acomete uma pessoa, uma coletividade ou um ente qualquer (como os astros); logo, comporta a ideia de um acontecimento que não foi buscado pelo que sofre, de uma casualidade provocadora de certos estados. Assim, *páskhein* (padecer) opõe-se a *poieîn* (fazer), *drân* (agir) e outros termos em que o sujeito é senhor do que lhe ocorre. Com alguma regularidade, embora não necessariamente, *pathos* implica sofrimento, talvez em vista da própria passividade do sujeito, que apenas suporta o que lhe advém. Esse desejado incômodo, presente na experiência do amor desde Safo, determina uma feição, um sentido e um uso bastante coerentes da expressão *pathos erotikon*.

Antes mesmo de tornar-se um termo técnico da poética aristotélica, *pathos* é apontado pelos poetas como ingrediente desejável na narrativa. Num dos proêmios mais emblemáticos da literatura grega, o da *Odisseia* de Homero, anuncia-se como matéria narrativa o herói que, entre outras aventuras, "no mar *padeceu sofrimentos (pathen algea)* inúmeros na alma" (v. 4).[5] Os sofrimentos de Odisseu são mencionados estrategicamente no começo do poema para cativar o público, criando a expectativa de uma narrativa emocionante.

Aristóteles concebe *pathos* tanto como uma das partes da fábula trágica quanto como objeto do processo catártico[6]. No

---

5. Note-se que a *Odisseia* traz em germe o enredo arquetípico do romance de amor: um casal que é forçado à separação, durante a qual devem superar obstáculos para uma futura reunião. Neste ensaio, as citações do poema são da tradução de Carlos Alberto Nunes: Homero, *Odisseia* (São Paulo: Hedra, 2011).
6. Aristóteles, *Poética*, 1449 b 24; 1452 a 22 (Tradução de Eudoro de Sousa. Lisboa: Imprensa Nacional/Casa da Moeda, 1986).

primeiro caso, o *pathos* é descrito como uma "ação perniciosa e dolorosa", o conjunto de sofrimentos que afetam o herói e é característico de toda a ação trágica. Esse sofrimento leva o espectador a experimentar determinadas emoções (*pathemata*), notadamente piedade e terror, que serão filtradas no processo de recepção da obra, denominado de catarse — Aristóteles aponta piedade e terror como as emoções trágicas por excelência. Como parte constitutiva da fábula trágica, *pathos* pode estar associado à peripécia (mudança abrupta e em sentido inverso da ação dramática) e ao reconhecimento (passagem do ignorar ao conhecer de um indivíduo por outro). Ao contrário desses que pertencem exclusivamente às fábulas complexas, *pathos* é uma marca de toda fábula trágica.

No proêmio de seu romance, Cáriton inscreve sua obra no âmbito do patético, prometendo a seu leitor que a história emocionará em vista dos sofrimentos que seus protagonistas experimentarão. Esses sofrimentos, como a expressão *pathos erotikon* indica, têm origem em Eros, divindade que personifica o amor erótico e que comandará o desenrolar da trama. No início do primeiro livro, destaca-se o papel de Eros como coautor da narrativa. Depois de descrever a beleza extraordinária da heroína, Calírroe, e a corte de que era alvo por parte de inúmeros pretendentes, o narrador observa que, ao colocar em seu caminho Quéreas, um desafeto de sua família, "Eros quis *compor* (*symplexai*) a sua própria parelha" (Q&C, 1.1).

O verbo *sympleko*, compor por meio da trama dos fios, é usado como metáfora para a composição literária, já que tecer narrativas é ofício do escritor. A formação do casal é o ponto de partida de todo romance grego de amor, marcando também o início dos sofrimentos que o afligirão até que se alcance o final feliz. É importante notar como a paixão independe dos personagens, impondo-se sobre eles e definindo seu destino. Como nota Reardon, para o herói do romance "apaixonar-se constitui suficiente *hamartia*: o amor por si só propiciará as vicissitudes".[7]

Porém, não só de dores viverão os protagonistas. Reardon observa que o sentido de *pathos* no romance é atenuado em vista do que se encontra na tragédia, pois "os incidentes são excitantes, de arrepiar os cabelos [...], mas não são fatais", nem decorrem da ação dos personagens, mas são determinados pelo acaso, a *tyche* — no romance, a Fortuna, personificada e designada "divindade adversa". Isso significa que, ao final, espera-se que o herói sobreviva aos males que o atingem para reconquistar a felicidade. Assim, Calírroe, depois de ter sido agredida por Quéreas quando grávida, de desfalecer e acordar em uma tumba, de ter sido dela resgatada por piratas e levada para longe de sua cidade natal para ser vendida a um rico senhor na Ásia, de tê-lo desposado na tentativa de preservar a vida de seu filho, de ter sido disputada em um julgamento por seu primeiro marido e pelo atual, de ter sido cortejada pelo Rei da Pérsia, sendo forçada a acompanhá-lo durante a guerra que eclode entre persas e egípcios, será recompensada ao final do romance.

No oitavo e último livro do romance, o narrador nos conta como Afrodite aborta os planos da Fortuna (*Tyche*, o acaso personificado) para um final sombrio (VIII.1, *skythropon*), em que Quéreas regressaria para casa sem Calírroe. Diz ele que a deusa "quis" a reunião do casal, após ter sido a responsável pela sua separação, uma vez que, no princípio, decidi-

---

[7]. A palavra *hamartia* (erro, em grego) é empregada por Aristóteles na *Poética* para explicar a mudança de fortuna do herói trágico (1453 a 7). Segundo o filósofo, o herói, que tende para o virtuoso, sofre um revés da sorte, não devido à maldade, mas em vista de um erro que comete. Tende-se a compreender esse erro como uma falha intelectual, de percepção, que não tem fundo moral. Cf. Bryan Peter Reardon, *The Form of Greek Romance* (Princeton: Princeton University Press, 1991), p. 80.

ra a "formação da parelha", provando assim a cumplicidade com seu filho Eros, um mero agente da vontade materna. A retomada dos termos "parelha" e "quis" remete ao início do romance, retomado aqui para preparar seu desfecho. Vale também lembrar que Afrodite recebe na lírica grega o epíteto de "tecelã de intrigas" (*doloplokos*),[8] em que o composto *-plokos* retoma a ideia do tramar e compor, aludindo à metáfora literária já aplicada à atuação de Eros, seu filho, no livro I.

Naquela que é considerada a mais marcante intervenção autoral do romance antigo, o narrador promete a seus leitores pôr fim às tristezas e conduzir os amantes a um final feliz. Diz o autor (VIII. 1):

> Estou convicto que este último livro será o mais agradável para os leitores, já que eliminará as tristezas dos primeiros (*katharsion... tôn skythropôn*). É o fim de piratas, servidão, julgamento, querela, suicídio, guerra e prisão! É a vez de amores justos e casamentos legítimos. Como a deusa esclareceu a verdade e conduziu ao reconhecimento aqueles que se ignoravam (*tous agnooumenos*), passarei a contar.

O narrador faz aqui a defesa do final feliz como o mais adequado para alcançar a finalidade própria do romance. Em uma passagem anterior, que nos serve de epígrafe, um intendente de Dionísio, segundo marido de Calírroe, tranquiliza seu senhor sobre a natureza da história que está a lhe contar. Embora sombria no início, será feliz no final. Então passa a contar como um navio de Siracusa veio dar na propriedade,

---

8. Cf. especialmente Safo, fr. 1 v (*Hino a Afrodite*). Lembro também que em *Hipólito*, tragédia de Eurípides, a deusa assume no prólogo a responsabilidade pelo que acontece às personagens, estabelecendo, assim, as diretrizes do drama.

tendo entre os tripulantes Quéreas. Com essa notícia, Dionísio chega a desfalecer, tamanha a apreensão de vir a perder a esposa. Segue-se o relato de como o barco foi atacado pelas tropas de segurança locais, causando a morte de boa parte da tripulação e a captura e venda dos sobreviventes. Para Dionísio, esse era o final feliz prometido, pois se via definitivamente livre do rival e despreocupado em seus amores. A cena assume um viés metaliterário, em que Focas, o empregado, é equiparado ao narrador do romance, e Dionísio, ao leitor ideal, que aprova o desfecho da história.

Ao assumir tal defesa, Cáriton retoma um debate já vivo no tempo de Aristóteles.[9] Na *Poética*, o filósofo faz dois comentários acerca do desfecho mais adequado para uma tragédia. No primeiro, o filósofo nota que é melhor que a mudança de fortuna do herói se dê da felicidade para a infelicidade, e não ao contrário, "como alguns pretendem" (1453 a 12). Os comentadores da *Poética* veem nessa última observação a preocupação de Aristóteles em marcar posição numa polêmica contemporânea acerca da melhor configuração para o mito trágico. Assim o filósofo repele as críticas feitas a Eurípides, cuja maioria das tragédias terminaria mal, alegando ser esta a estrutura correta, capaz de suscitar as emoções trágicas, terror e piedade, além do processo catártico. Aristóteles estaria contestando os que julgavam que o mito de dupla intriga, em que os bons acabariam bem e os maus mal, como na *Odisseia* (em que Odisseu passa da má para a boa fortuna e os pretendentes de Penélope têm trajetória inversa), é superior. Para ele, essa solução é adotada apenas pela "astenia do público" e graças a "poetas complacentes" (1453 a 30), já que

---

9. Cf. especialmente M. Heath, "O melhor tipo de mito trágico: o argumento de Aristóteles em *Poética* 13-14", in *Anais de Filosofia Clássica*, vol. 2, nº 3, pp. 1-19. Cf. também Reardon, op. cit., p. 78.

tal desfecho é "mais próprio da comédia" do que da tragédia — pensemos, por exemplo, em *Édipo rei* ou *Hipólito*, em que a infelicidade atinge a todos personagens por igual.

Em *Quéreas e Calírroe* parece que estamos diante da mesma disputa. De um lado há a Fortuna, *Tyche*, e seu plano para produzir um final infeliz (VIII. 1, *skythropos*); do outro Afrodite (e Eros) que, apiedando-se do herói (VIII. 1, *êleêsen*, ἠλέησεν), decide a reunião dos amantes, preparando o final feliz. Por fim, o narrador se posiciona ao lado da deusa do amor, anotando que tal desfecho traria maior prazer (VIII. 1, *hediston*) aos leitores, pois procederia à catarse dos elementos sombrios (VIII. 1, *katharsion... tôn skythropôn*).

Os ecos da *Poética* aristotélica são evidentes.[10] Como notou Rijksbaron, "quando ἡδονή (*hedoné*) e κάθαρσις (*katharsis*) aparecem tão próximos, deve-se pressupor um fundo de poética peripatética, ainda que mal compreendida ou banalizada".[11] Por nossa própria conta poderíamos acrescentar o verbo *eleéo* (ἐλεέω, apiedar-se), já que a catarse nasce do impacto que emoções (*pathemata*) como terror e piedade produzem quer no espectador, quer no leitor.[12] Assim, num primeiro momento poderia soar contraditório que termos que ecoam a teoria estética aristotélica sejam empregados para justificar uma posição contrária àquela defendida pelo filósofo. Mas, se voltarmos

---

10. S. Tilg, op. cit., pp. 130-7 defende que Cáriton subverte os paradigmas da poética aristotélica para pensar o romance como uma forma não aristotélica, valendo-se, não obstante, de conceitos cunhados pelo filósofo e largamente difundidos nos tratados retóricos de seu tempo. A questão me parece mais simples, ligada a uma necessária definição de paradigmas. Trata-se de responder à pergunta essencial: o que faz de um romance um romance e não uma tragédia em prosa?

11. A. Rijksbaron, "Chariton 8, 1, 4 und Arit. Poet. 1449 b 28", in *Philologus*, nº 128 (1984), pp. 306-7.

12. *Poética*, 1449 b 24: "É pois a tragédia uma imitação [...] que suscitando a piedade e o terror (*di' eleou kai phobou*), tem por efeito a purificação dessas emoções (*katharsin pathematôn*)".

à *Poética*, veremos que Aristóteles também entende que a tragédia comporta "finais felizes".

Ao analisar as fábulas trágicas em vista de seus agentes, Aristóteles nota que, além do caso em que o agente age com pleno conhecimento de causa e daquele em que ele age ignorando as consequências de seus atos (Medeia e Édipo exemplificam essas duas categorias), há um terceiro, segundo o qual o agente está prestes a "cometer por ignorância algo terrível, e depois o reconhece, antes de agir" (1453 b 26). Este último é considerado "superior a todos" (1454 a 5). Ou seja, a situação em que, por meio de um reconhecimento, se evita à última hora o crime é preferível às outras, quando o erro ocorre e o patético é explorado no seu grau máximo.

Para exemplificar essa categoria, Aristóteles cita, entre outras tragédias, a *Ifigênia em Tauris*, de Eurípides. Nela, os irmãos Ifigênia e Orestes encontram-se em Tauris, terra onde ela é constrangida a habitar e a que ele aporta. Sem se reconhecerem, Ifigênia está prestes a condenar o irmão ao sacrifício ritual, destino de todos os estrangeiros que chegam àquele lugar. É por meio de uma carta que ela decide enviar a seus parentes anunciando que estava viva (todos a julgavam morta há anos), que eles se reconhecem, planejam uma fuga conjunta e alcançam a Grécia em segurança. Por conseguinte, conclui-se que o reconhecimento é condição necessária para o final feliz, pois opera a passagem da infelicidade para a felicidade. Não é de se estranhar que tragédias desse tipo, em conjunto com a comédia nova, tenham contribuído para a formação dos romances antigos.

Não são poucos os que apontam a contradição de Aristóteles no que se refere ao melhor mito trágico, já que ora defende os finais infelizes, ora os felizes. Reardon acha que não há solução para essa questão; Heath acredita que as visões não são inconciliáveis e que as diferenças se explicam na medida em que aspecto envolvido no exame da questão varia em cada um dos casos — num deles estaria em foco o efeito catártico, no outro, o pressuposto moral, ou seja, o impedimento do ato transgressivo como, por exemplo, o de derramar o sangue de um parente ou o incesto.

De qualquer forma, para o contexto que nos propomos a examinar, que não é trágico, o final marcado pela infelicidade não é necessário. A retomada do velho debate no último livro de *Quéreas e Calírroe* deve então ser entendida como a reafirmação da vocação do romance para o final feliz. Tanto é assim que o desfecho planejado por Fortuna é descrito como contrário às expectativas dos leitores (VIII.1: *paradoxon*, "paradoxal"), enquanto o de Afrodite é visto como prazeroso. Ao descartar o primeiro é como se o autor dissesse: isso, afinal, não é uma tragédia, como a sucessão de males narrados até aqui poderia levar a crer e o desenlace proposto por *Tyche* atestaria; trata-se antes de algo diferente, um romance de amor, e como tal deve terminar bem.

Assim como no enredo que Aristóteles propõe ser o melhor, em *Quéreas e Calírroe* a mudança de sorte reside no reconhecimento. No final imaginado pela Fortuna, embora tivesse Calírroe ao alcance da mão, Quéreas, sem reconhecê-la (VIII.1: *agnoesei*), a abandonaria à mercê de seus inimigos.

Ou seja, a Fortuna não prevê o reconhecimento entre os amantes. Assim, eles terminariam separados e a tristeza prevaleceria, pois Calírroe seria feita prisioneira de guerra e seus sofrimentos continuariam. O verbo *agnoeo* (ἀγνοέω), que, mais do que "ignorar", deve ser entendido como "não perceber ou não reconhecer", tem um sentido técnico, indicando a inexistência do reconhecimento ou *anagnórisis*.[13]

---

13. Para efeito de comparação, remeto ao capítulo XIV da *Poética* e à discussão sobre o melhor enredo, em que os agentes atentam contra seus familiares por não os reconhecer ou, reconhecendo-os, evitam o desfecho sangrento. Nesse con-

O mesmo termo ocorre no detalhamento do desfecho pretendido por Afrodite, que quer "mostrar os que falhavam em se reconhecer (*tous agnooumenos*) um ao outro", ou seja, quer promover seu reconhecimento. O reconhecimento é, portanto, fundamental para que se alcance o final feliz.

Essas reflexões se insinuam no romance muito antes do final. No segundo livro, quando se debate sobre abortar ou levar a cabo a gravidez, Calírroe projeta o reconhecimento futuro do filho que espera. É um dos momentos mais patéticos do romance, quando a heroína tem que decidir se vale a pena trazer ao mundo uma criança destinada à escravidão, uma vez que ela fora vendida a Dionísio pelos piratas e não privava mais da antiga liberdade. Nesse contexto, a tragédia é um intertexto importante que fornece paradigmas para a personagem que ora se vê no papel de Medeia, assassina dos próprios filhos, ora evoca histórias de filhos de deuses e mortais que, nascidos fora do casamento, devem buscar o reconhecimento de suas famílias — no caso, Zeto e Anfion são filhos de Zeus e de Antíope, heroína homônima a tragédia perdida de Eurípides, assim como o é Medeia. Eis sua reflexão (II 9.5):

> De quantos filhos de deuses e reis ouvimos falar que, nascidos na escravidão, por fim recuperaram a reputação de seus pais, como Zeto, Anfion e Ciro? Também você, meu filho, navegará até a Sicília. Buscará seu pai e seu avô e contará (*diegesei*) a eles as desventuras de sua mãe. Uma frota será enviada de lá em meu socorro. Você, filho, devolverá seus pais um ao outro.

---

texto, é muita clara a contraposição entre *anagnórisis* (reconhecimento) e *agnoia* (ignorância [de uma identidade]) e *anagnorizo* (ἀναγνωρίζω, reconhecer) e *agneo* (ἀγνέω, falhar em reconhecer, ignorar).

No reconhecimento do filho pelo pai, a heroína localiza a esperança de garantir um final feliz para sua própria história, imaginando-se como protagonista de uma narrativa, que coincide com a que Cáriton escreve — note-se o emprego do verbo *diegeomai* (contar, narrar), que remete ao proêmio do romance equiparando o filho, futuro narrador da história da mãe, ao escritor, que promete aos seus leitores que a narrará (I.1).

Pressionada a decidir entre a fidelidade a Quéreas e a vida do filho que espera dele, cuja única salvação depende de seu casamento com Dionísio, que deveria acreditar que a criança era sua, a heroína volta a considerar suas opções simulando uma conversa com o bebê que traz no ventre (II, 11.2):

> E você, meu filho, o que você prefere para você mesmo? Morrer por efeito de alguma droga antes de contemplar a luz do sol? Ser enxotado com sua mãe, sem ter, talvez, sequer direito a um túmulo? Ou viver e ter dois pais — um, o homem mais importante da Sicília, e o outro, da Jônia? Quando você crescer, será facilmente reconhecido (*gnoristhosei*) pelos seus parentes, pois estou certa de que o trarei à luz semelhante a seu pai. Então, irá lá com pompa em uma trirreme milésia. Com gosto Hermócrates receberá o neto, já apto a se tornar general.

Essa projeção de um futuro glorioso para o filho, apoiado na certeza do reconhecimento, faz com que Calírroe decida levar adiante a gravidez, mesmo que ao custo da segunda boda. Com certeza pesa em sua decisão o paradigma mítico que ela mesma evocara pouco antes. Com isso, cria-se a expectativa de que tudo terminará bem para a criança.

Ao final do romance, o filho não retorna com seus pais para a Siracusa e fica na Jônia para ser criado por Dionísio, que não suspeita de nada. Calírroe, no entanto, escreve-lhe uma carta em que pede que cuide do menino e mande-o, quando crescer, à Grécia, para que possa conhecer seu avô (VIII 4).[14] Ela trata, assim, de garantir para o filho o final que projetara por ocasião de seu nascimento, mas que não será contemplado no horizonte da narrativa. Esta se encerra com a reunião do casal e seu retorno à pátria, apontando para a prevalência do reconhecimento e dos vínculos do amado sobre o de consanguíneos (filhos, pais, irmãos) no romance.

De volta ao oitavo livro, encerrada a intervenção do autor em defesa do final feliz, passa-se à narrativa do encontro entre os esposos. Quéreas vence a batalha naval e faz vários prisioneiros na ilha de Arados, entre os quais está Calírroe. Ele, contudo, imagina que sua esposa está longe dali, na companhia de Dionísio. Ela também não suspeita que esteja nas mãos de Quéreas e, em desespero, ameaça suicidar-se para pôr fim aos sofrimentos. Conclamado a intervir e impedir o pior, Quéreas vai até a prisioneira, que está prostrada e tem a cabeça coberta. Mesmo assim, diz-nos o autor: "Sem dúvida *ele a teria reconhecido* (*an egnorisen*), se não acreditasse firmemente que Calírroe fora restituída a Dionísio" (VIII.1). Apiedado pelo estado da mulher, ele busca tranquilizá-la, assegurando que, longe de ser forçada a núpcias impostas, "terá o marido, que escolher". Ela, então, o reconhece pela voz e desvela-se, ao que se segue o abraço emocionado que normalmente sela as cenas de reconhecimento nas tragédias (VIII.1):

> Enquanto ele falava, Calírroe reconheceu (*gnorisasa*) sua voz e desvelou-se. E a um só tempo ambos excla-

---

14. Em *Q&C*, VIII.5, Dionísio lê a carta de Calírroe e imagina para si uma vida de solidão, quando o filho partir ao encontro da mãe. Em *Q&C*, VIII.7, Quéreas conta aos siracusanos que seu filho com Calírroe é criado em Mileto por um homem honrado, e que ele espera que seus direitos sejam resguardados por seus concidadãos, apontando, com isso, para a reunião da família no futuro.

maram: "Quéreas!", "Calírroe!". Abraçados, perderam os sentidos e caíram no chão. [...] Lentamente se recompuseram. Olhando um para o outro, beijando-se de novo e de novo, desfaleceram uma segunda e uma terceira vez, uma única frase falando: "Tenho-a em meus braços, se é que você é mesmo Calírroe!", "Se é que você é mesmo Quéreas!".

Apesar de o reconhecimento ser o promotor da mudança de fortuna dos protagonistas, o tratamento que ele recebe da parte do autor é breve, se tomarmos apenas a cena em si. Notável, porém, é o paralelismo tecido com a cena do casamento dos jovens no primeiro livro (I. 14-16), em que Calírroe, velada e chorosa por não saber quem desposará, revigora-se ao reconhecer Quéreas como noivo prometido. Aqui, no livro final (VIII. 1), o reconhecimento remonta o beijo nupcial (I. 1):

> Ao reconhecer o homem amado (*gnorisasa ton eromenon*), Calírroe brilhou novamente, como o lume quase extinto de uma lamparina quando o óleo é reposto, e ficou maior e mais forte.

Também evoca a agressão de que a jovem é vítima, quando vai em direção ao marido ao reconhecer-lhe o hálito, potencializando assim o efeito do golpe que lhe é desferido, causa de sua suposta morte (I.4):

> Quando se produziu o som de passos, de imediato reconheceu o hálito do marido e, alegrando-se, foi ao seu encontro. Ele, privado de voz até para censurá-la e dominado pela raiva, desferiu-lhe um chute quando ela vinha em sua direção. O pé acertou direto no diafragma e interrompeu a respiração da moça.

Assim, o reconhecimento final é um retorno ao início do romance, aos momentos marcantes da união e da separação do casal, ressignificados através da promessa de um novo início para os protagonistas por meio de sua reunião ou "rematrimônio".

Como muito da informação está nas entrelinhas, a ênfase recai justamente sobre a emoção do reencontro, que é selado com uma noite de entrega amorosa.[15] O modelo de reunião é o mesmo que ocorre entre Odisseu e Penélope, na *Odisseia*, em que as aventuras vividas durante a separação se mesclam às lágrimas e às manifestações de afeto (Q&C, VIII.1):

> Quem poderia descrever aquela noite, repleta de tantas histórias, de tantas lágrimas e número igual de beijos? [...] E quando se saciaram de lágrimas e de histórias, abraçados um ao outro, *entregaram-se contentes ao rito do antigo leito* (*aspasioi lektroio palaiou thesmon hikonto*).

No canto XXIII da *Odisseia*, após a longa negociação que resulta no reconhecimento de Odisseu por Penélope, o casal se recolhe ao quarto e primeiro consuma o ato amoroso e depois passa às narrativas (*Od.*, XXIII 300-1):

> Os dois esposos, no entanto, aos prazeres do amor se
> [entregaram
> e aos inefáveis encantos de longo e agradável colóquio.

---

[15] A emoção toma conta também dos espectadores da cena. Policarmo, companheiro fiel de Quéreas em suas andanças em busca de Calírroe, "perde a voz" diante do encontro emocionado e "surpreendente" (*to paradoxon*). A meu ver, Cáriton projeta nele a imagem do leitor ideal, de modo que sua reação orientaria a recepção da passagem.

Penélope conta pelo que passou durante o forçado convívio com os pretendentes, e Odisseu rememora suas aventuras. Os relatos somados constituem, de maneira abreviada, o conteúdo do poema. O mesmo acontece em *Quéreas e Calírroe*. A relação entre os textos fica explícita com a citação do verso com que Homero sela a reunião entre Penélope e Odisseu: "entregaram-se contentes ao rito do antigo leito", que, para os comentadores alexandrinos do poeta, Aristófanes de Bizâncio e Aristarco, marcava o fim ideal do poema.[16] Não se deve deixar escapar que, assim como o poema de Homero, *Quéreas e Calírroe* se estende para além da reunião do par amoroso, o que pode ser considerado mais um paralelismo intencional.

Nesse romance fundador do gênero na Antiguidade, verifica-se que o reconhecimento está em função da união do par romântico, objetivo da narrativa, promovendo, assim, o final feliz para a história. Prevalece, portanto, o vínculo entre amantes sobre as relações consanguíneas, já que o reconhecimento entre avô e neto (Hermócrates e o filho de Calírroe) ou entre pais e filho é projetado, mas não se concretiza dentro dos limites da narrativa. Isso condiz com a proeminência das relações amorosas no gênero, que relega a própria questão da descendência a um segundo plano; é sintomático que Quéreas e Calírroe não demonstrem pesar por partir sem o filho, nem cogitem empreender qualquer esforço para reavê-lo, satisfazendo-se com a possibilidade de um reencontro num futuro longínquo.

Essa autonomia do casal protagonista se verifica também na sua união, que normalmente é contrária ao desejo das famílias. Por um lado, ilustra-se a supremacia do impulso erótico, entre os antigos sempre entendido como manifesta-

---

16. *Odisseia*, XXIII 296: *aspasioi lektroio palaiou thesmon hikonto* (ἀσπάσιοι λέκτροιο παλαιοῦ θεσμὸν ἵκοντο).

ção divina sobre as convenções sociais, que ditavam que os casamentos deveriam ser pactuados entre famílias, em vista de interesses mais amplos. Por outro, revela em certa medida o despertar do indivíduo como agente de seu destino — reconhece-se especialmente o papel ativo da mulher. Isso pode soar contraditório, mas o pensamento antigo coordena bem as esferas divina e humana da deliberação, percebendo uma em reforço da outra.

O reconhecimento, enquanto recurso poético, está especialmente vinculado aos gêneros dramáticos, sobretudo pelo destaque a ele conferido por Aristóteles, na *Poética*. É comum também que os estudiosos do romance associem o emprego da *anagnórisis* à comédia nova, gênero em que o reconhecimento promove a mudança de fortuna do herói para melhor, afastando a catástrofe — contrariamente ao que ocorre na tragédia. Contudo, Cáriton busca inspiração em Homero para a composição do reencontro entre os amantes. A *Odisseia*, que para Aristóteles se caracteriza pela quantidade e variação de suas *anagnóriseis*,[17] fornece o modelo para o romancista e é com esta obra que ele dialoga diretamente.

---

17. Cf. Aristóteles, *Poética*, 1459 b 15: "A *Odisseia* é complexa, é por completo reconhecimento".

SOBRE A COLEÇÃO

Fábula: do verbo latino *fari*, "falar", como a sugerir que a fabulação é extensão natural da fala e, assim, tão elementar e diversa e escapadiça quanto esta; donde também falatório, rumor, diz-que-diz, mas também enredo, trama completa do que se tem para contar (*acta est fabula*, diziam mais uma vez os latinos, para pôr fim a uma encenação teatral); "narração inventada e composta de sucessos que nem são verdadeiros, nem verossímeis, mas com curiosa novidade admiráveis", define o padre Bluteau em seu *Vocabulário português e latino*; história para a infância, fora da medida da verdade, mas também história de deuses, heróis, gigantes, grei desmedida por definição; história sobre animais, para boi dormir, mas mesmo então todo cuidado é pouco, pois há sempre um lobo escondido (*lupus in fabula*) e, na verdade, "é de ti que trata a fábula", como adverte Horácio; patranha, prodígio, patrimônio; conto de intenção moral, mentira deslavada ou quem sabe apenas "mentirada gentil do que me falta", suspira Mário de Andrade em "Louvação da tarde"; início, como quer Valéry ao dizer, em diapasão bíblico, que "no início era a fábula"; ou destino, como quer Cortázar ao insinuar, no *Jogo da amarelinha*, que "tudo é escritura, quer dizer, fábula"; fábula dos poetas, das crianças, dos antigos, mas também dos filósofos, como sabe o Descartes do *Discurso do método* ("uma fábula") ou o Descartes do retrato que lhe pinta J. B. Weenix em 1647, de perfil, segurando um calhamaço onde se entrelê um espantoso *Mundus est fabula*; ficção, não-ficção e assim infinitamente; prosa, poesia, pensamento.

PROJETO EDITORIAL Samuel Titan Jr. / PROJETO GRÁFICO Raul Loureiro

SOBRE O AUTOR

De Cáriton de Afrodísias sabe-se apenas o que o narrador de *Quéreas e Calírroe* declara no parágrafo de abertura da obra: originário da cidade cária de Afrodísias, na Ásia Menor (hoje, Turquia), viveu durante o século I d.C. À época a cidade mantinha relações privilegiadas com Roma e se converteu em importante centro político na região. É de se supor que Cáriton tivesse formação retórica, já que afirma ter sido secretário de um orador de nome Atenágoras e demonstra familiaridade com autores centrais da poesia e da prosa gregas, que cita com frequência. Juntamente com Xenofonte de Éfeso, Longo, Aquiles Tácio e Heliodoro, ele compõe o cânone de autores do romance de amor idealizado, que floresceu entre os séculos I d.C. e IV d.C. e do qual *Quéreas e Calírroe* teria sido um dos primeiros expoentes.

SOBRE A TRADUTORA

Adriane da Silva Duarte nasceu em Porto Alegre, em 1965. Depois de estudar Ciências Sociais na Universidade de São Paulo, tornou-se mestre e doutora em Letras Clássicas pela mesma universidade, onde hoje é professora livre-docente de Língua e Literatura Grega. Pesquisadora do CNPq, coordena desde 2002 um grupo de pesquisa sobre teatro antigo. É autora dos livros *O dono da voz e a voz do dono. A parábase na comédia de Aristófanes* (Humanitas, 2000) e *Cenas de reconhecimento na poesia grega* (Editora da Unicamp, 2012), além do infantil *O nascimento de Zeus e outros mitos gregos* (Senac, 2018). Como tradutora, verteu *As aves* (Hucitec, 2000) e *Duas comédias: Lisístrata e As tesmoforiantes* (Martins Fontes: 2005), de Aristófanes, além do anônimo *Romance de Esopo* (Editora 34, 2017).

SOBRE ESTE LIVRO

QUÉREAS E CALÍRROE, São Paulo, Editora 34, 2020 TÍTULO ORIGINAL *Chaireas kai Callirrhoe* TRADUÇÃO © Adriane da Silva Duarte, 2020 PREPARAÇÃO Juliana Bitelli e Dimitri Arantes REVISÃO Andressa Veronesi, Nina Schipper PROJETO GRÁFICO Raul Loureiro IMAGEM DE CAPA "Gaia", Museu Arqueológico de Gaziantep, Turquia © Creapictures | Dreamstime.com ESTA EDIÇÃO © Editora 34 Ltda., São Paulo; 1ª edição, 2020. A reprodução de qualquer folha deste livro é ilegal e configura apropriação indevida dos direitos intelectuais e patrimoniais do autor. A grafia foi atualizada segundo o Acordo Ortográfico da Língua Portuguesa de 1990, que entrou em vigor no Brasil em 2009.

Esta tradução foi realizada com o apoio do CNPq por meio da concessão da bolsa de Produtividade em Pesquisa (302845/2012-7): "*Quéreas e Calírroe*: tradução e estudo do romance de Cáriton de Afrodísias", vigente no triênio 2013-2016.

CIP – Brasil. Catalogação-na-Fonte
(Sindicato Nacional dos Editores de Livros, RJ, Brasil)

Cáriton de Afrodísias, século I d.C.
Quéreas e Calírroe / Cáriton de Afrodísias; tradução,
apresentação e posfácio de Adriane da Silva Duarte —
São Paulo: Editora 34, 2020 (1ª Edição).
208 p. (Coleção Fábula)

ISBN 978-65-5525-033-6

1. Romance helenístico. I. Duarte, Adriane da Silva.
II. Título. III. Série.

CDD – 880

TIPOLOGIA Perpetua PAPEL Pólen soft 80 g/m²
IMPRESSÃO Edições Loyola, em agosto de 2020 TIRAGEM 2 000

Editora 34
Editora 34 Ltda. Rua Hungria, 592
Jardim Europa CEP 01455-000
São Paulo – SP Brasil
Tel/Fax (11) 3811-6777
www.editora34.com.br